Ya no pisa la tierra tu rey

Cristina Sánchez-Andrade

Ya no pisa
la tierra tu rey

EDITORIAL ANAGRAMA

BARCELONA

Ilustración: © Eva Mutter

Primera edición en «Panorama de narrativas»: enero 2024
Primera edición en «Compactos»: enero 2025

Diseño de la colección: Julio Vivas y Estudio A

© EDITORIAL ANAGRAMA, S. A. U., 2004
Pau Claris, 172
08037 Barcelona

ISBN: 978-84-339-2914-3
Depósito Legal: B. 169-2025

Printed in Spain

Liberdúplex, S. L. U., ctra. BV 2249, km 7,4 - Polígono Torrentfondo
08791 Sant Llorenç d'Hortons

A Bárbara, Álvaro y Julieta,
mis hijos

Dios envuelto en su mudez.
MIGUEL DE UNAMUNO

AGRADECIMIENTOS

Agradezco la inteligentísima y cariñosa crítica de Julieta Valero y Lucina Gil.

La ventana, pequeña y sin balcón, es el mundo, y en lo alto de una escalera donde todo cruje, a horcajadas sobre los lomos de las otras, no siempre sabemos quiénes somos.

—¿Viene ya?

—Viene.

—Baja.

Bajamos y recordamos.

Lo sabemos todo. Sabemos que, como todos los jueves de antaño, don Íñigo de Grandes Ribadavía y Gato, marqués de varias villas y jurisdicciones, detendrá su caballo ante nuestro convento.

Es jueves y don Íñigo detiene su caballo ante nuestro convento, trepa los muros de calicanto, atraviesa el patio de los naranjos, recorre el claustro a grandes zancadas y se introduce en la celda de una de las novicias. Se trata de una niña de una hermosura tierna y felina, con una piel blanca que exhala un suave aroma a monda de manzana. Cuando la abadesa Violante es alertada, siente removérsele el corazón pero acude a la celda con mucho aplomo para esperar ante la puerta. Media hora después sale el marqués masticando pelos, abotonándose el cuello de la camisa. Durante unos instantes, la abadesa posa su mirada en él: es una mirada inmóvil que lo abarca de la cabeza a los pies. Luego lo engancha por el brazo, le acompaña hasta la salida con su mejor sonrisa, así es que... volvemos a verle por aquí, don Íñigo, así es, abadesita, pues vaya con Dios, con Dios iré, hasta que lo ve torcer la esquina sobre su caballo, desaparecer trotando por la calleja.

Entonces, abriéndose paso a empellones entre nosotras, la abadesa regresa a la celda.

Allí, tumbada sobre su catre, está la novicia, el hábito de buriel áspero remangado hasta la cintura y haciendo la tijereta con las piernas en alto mientras, sí, no, me quiere no me quiere, deshoja la margarita que el marqués le ha entregado. Al ver a la superiora en la puerta, se incorpora rápidamente. Dice:

—No sabía que...

Y la superiora le contesta:

—Pero hay muchas cosas que tú no sabes.

Entonces la agarra de los pelos, la azota hasta dejarla ronca, la arrastra hasta el refectorio y la encierra con llave. Lo que viene a continuación también lo sabemos, lo hemos presenciado durante mucho tiempo: la abadesa sale al patio, ajusticia a dos gallinas y hace caldo para la cena, se ocupa de las hostias sin consagrar, planta un naranjo nuevo, pasea sin rumbo con la carretilla vacía, cena, bebe una botella entera de vino, hace sus ejercicios de clavecín, reza al cielo para que en el convento no instalen tornos y locutorios, y se retira a dormir.

En la soledad de su celda, se lleva las manos a la cara y deja que las lágrimas le resbalen entre los dedos.

—Un locutorio —dicen algunas de nosotras, que vuelven a trepar a la grupa de las otras para mirar por la ventana y no perderse al marqués saliendo en dirección al palacio.

—¿Quién sabe qué es un locutorio? ¿Tú sabes lo que es un locutorio?

—Un locutorio... no sé bien... ¿Acaso sabes tú *quién* eres en este momento?

—¿Yo? ¿*Quién* soy yo en este momento?

—¡Tú, so boba!

—Yo soy la monja Negra, la de las vehementes aletas de nariz.

—Oh, no.

—¿La Niña Tuerta, entonces?

—De ninguna manera.

—¿Sor Gaudencia o sor Prudencia?

—¡Ésas debemos de ser nosotras!

—En todo caso..., un locutorio debe ser algo muy importante...

—Muy importante.

En el cruce (olmos, casitas blancas y tejados deshabitados de pájaros), justo debajo de nuestra ventana, hay un hombre pensativo sobre un caballo.

Un hombre o un ovillo, pero no estamos muy seguras. En fin, un único hombre al que nosotras, desde nuestra ventana, ya hemos observado otras muchas veces. Todos los jueves, en todas las estaciones, sofocando la risa en su capote y haciendo crujir la seda de sus calzones ridículos. Siempre lo mismo: los gruesos muros del convento, las zancadas por el claustro, la celda inundada de luz, la piel olorosa a piel de manzana y la sonrisa de hueso y carne, el despecho silencioso de la abadesa, y de vuelta a casa.

Y así sucesivamente.

Todos los jueves, en todas las estaciones.

Desde nuestra ventana le vimos llegar a su palacio, una antigua construcción con balcones laterales de piedra, cuatro chimeneas y una torre medieval donde, además de él, habitan su madre y los criados. Al franquear el portalón del jardín se encogió sobre la montura y echó un vistazo por encima de las lilas de invierno. Saltó al suelo, espantó el caballo con un azote de nalgas (desde la torre, varias cigüeñas emprendieron el vuelo) y buscó a su lacayo.

El lacayo Sebastián era un hombre poquita cosa, feo, de ojos pequeños y vivaces, perfilados por cejas como alas rotas, que lleva a su servicio muchísimos años. Había niebla pero lo encontró como de costumbre, trajinando entre las zarzarrosas y las lilas, limoneros y basuras. Riéndose sin ruido, sin mirar a nadie.

—¿Y si un día los matojos dejaran de ser tan espesos como tú te piensas? —le gritó.

Pero el otro seguía allí, de cuclillas detrás de los arbustos, arañándose el rostro con los arbustos, mirándose las manos, escudriñando de tanto en tanto la puerta delantera y la ventana iluminada del piso de arriba de la casa, rebulléndose blandamente, y venga, y dale, y dos y dos, sin susurrar exactamente. Desde un tiempo atrás, había adquirido el hábito manso de meterse entre los setos con un periódico, cosa que le había creado fama de cochino en toda la comarca.

El lacayo contó atropelladamente: dos y dos son cuatro, cuatro y dos —e hizo bailar de un lado a otro sus ojillos vivaces— seis. Cuando terminó de arrancar las hojas, cerciorándose de que nadie le miraba (¡si él supiera que nuestros ojos estaban siempre encima!), encogió los hombros y apretó mucho los párpados. Lenta y temblorosamente se colocó el papel entre las manos: eran unas manos desmedradas y hermosas que se cerraban arrugando el papel hasta convertirlo en una pelota del tamaño de un puño.

Porque eso es lo que hacía sin que nadie en el palacio lo supiera: pelotas de papel. Dijo: y ocho diecisiete. Se introdujo una de ellas por el hueco de la librea y gimió del gusto.

Oímos entonces un rebullir de hojas, y luego un tintineo de llaves. De entre las flores asomó un hombre y un brazo. A continuación, su perfil insignificante. Poco después una rodilla, y una barbilla larga y afilada, hasta que la cara negruzca quedó a la vista.

—Cosas, don Íñigo. Sólo hago cosas. —Estaba pálido pero sus ojos todavía chisporroteaban.

—¡Nadie te preguntó qué hacías!

—Mayormente cosas. —El lacayo siguió hablando sin escuchar, inclinándose un poco para recoger con disimulo una de las pelotas que había caído al suelo. Al inclinarse, el manojo de llaves que le colgaba de la cintura quedó a la vista. Lo giró entero hasta situarlo bajo la chaqueta y apuntó con el índice tembloroso a una de las alcobas con luz del palacio—. Su madre —dijo entonces, y rió sin ruido—, su madre le está esperando, don Íñigo, desde que supo que andaba usted de nuevo en el convento... Su madre. Yo estaba aquí, mayormente entre las lilas, mayormente para decirle que su madre...

17

–Lacayo Sebastián.

–Señor –dijo el lacayo Sebastián.

–Cállate.

Don Íñigo avanzó un poco y fijó la vista en la alcoba encendida.

–¿Qué hora es? –preguntó, encorvándose para subirse el elástico flojo de las polainas.

El lacayo quedó un rato pensativo.

–Eso, mi señor..., depende.

Don Íñigo se puso a caminar en dirección al palacio, lacayo lacayuno, comenzó a decir, siempre agarrando las palabras como si fueran niñas, no consigo arrancarte una frase coherente, y mira que eres listo cuando quieres. Empujó el portalón del palacio y entró mientras Sebastián volvía a esconderse, lentamente, en el hueco de las zarzarrosas.

Atravesó el vestíbulo y se introdujo en la sala de estar con las dos arañas de cristal blanco y rosa y las sillas desfondadas. Avanzó un poco hasta encontrarse en la antecocina con la lechera y la cocinera que discutían encendidamente sobre alguna cosa (oíamos los gritos pero no las palabras exactas), casi se pegaban. Al verlo pasar, quedaron quietas, las manos detenidas a la altura de la cara, callaron. Don Íñigo pasó de largo y subió las escaleras remontando los peldaños de dos en dos, enganchando las polvorientas telas de araña en la seda de sus calzones. Se detuvo al llegar arriba y echó un vistazo a su alrededor.

(–Tú que estás sobre mi chepa y pesas como una muerta, Niña Tuerta, dime si todavía consigues ver algo.)

Ya no vimos nada más porque la vista de la Tuerta no alcanza a todas las habitaciones del piso de arriba del palacio. Aunque algo muy malo debió de ocurrir en la alcoba de la madre porque después de un rato largo el marqués volvió a acercarse a las escaleras muy enojado

(–¿Baja ya?),

seguido de cinco o seis criados

(–¡Baja!),

soltando pullas y escupitajos. Al llegar abajo se asomó a la cocina. Vosotras también, putas, dijo dirigiéndose a la cocinera y a la lechera. Y empezó a ponerse rígido. Buscadlo. Dónde está el lacayo. Id, por el amor de Dios. Id a buscarlo. Cuando por fin le trajeron al lacayo (el muy cochino se limpiaba el culo entre los setos, anunció una de las criadas), don Íñigo se sentó. Le temblaban las piernas.

–Mira, tú, lacayo –le dijo bien alto, delante de todo el mundo, dándole golpecitos en un hombro con la punta del guante de cuero–, hueles a orina y a estuco húmedo, no tienes frente, eso, frente, y tienes los ojos pegados a la nariz. O más bien, careces de nariz, lacayo, jamás llegarás a nada porque careces de frente y de nariz, ¿comprendes?, yo sí que tengo frente y nariz, y tú sólo tienes un labio, sólo uno, sólo uno, uno,

un solo labio.

Cuando el lacayo, por fin, asintió con la cabeza, el marqués calló. Acto seguido, subió las escaleras, y, desde arriba (las criadas se agolpaban curiosas para mirar desde la otra esquina), antes de retirarse a su alcoba, muy suavecito, dijo:

–Lacayo.

Y el lacayo:

–Señor.

Y el marqués:

–Ojos sí tienes.

Y el lacayo:

–Tengo.

El lacayo Sebastián, oyó –que no vio– por primera vez a su señor don Íñigo en un día sin luna de ya hace mucho tiempo, nada más y nada menos que en el claustro de nuestro convento.

Eran aquéllos momentos delicados en la vida del marqués; ya por entonces, aunque todavía era un muchacho de unos quince o dieciséis años, vestía elegantemente: camisas tiesas y abotonadas hasta la barbilla, enaguas de París, pantalón de tiras de cabritilla dorada, cinturón de cuero bordado en cáñamo y zapatos de charol y hebilla oxidada. Ensillaba su caballo, montaba por el lado derecho para hacer rabiar a su madre y desaparecía durante todo el día. Cuentan los paisanos que lo veían cabalgar a rienda suelta, haciendo aspavientos para espantar a las vacas por las praderas, los ojos desorbitados, desmelenado y hermoso, perseverante en su idiotez y hasta ululando de felicidad porque no había cosa que más le gustara a ese memo que la cosquilla fresca de la libertad. Al caer la tarde, hiciera frío o calor, lloviera o tronara, bajaba al río para bañarse y retozar con las lavanderas. De eso podemos dar fe nosotras que, desde nuestra ventana (y nuestra mirada era entonces más joven e inocente), lo veíamos quitarse la ropa con el falso dinamismo que adopta el que hace que tiene mucho que hacer, ante las risotadas y las burlas de las mujeres que extendían las sábanas sobre los matorrales.

Las sábanas húmedas y olorosas a jabón lagarto sobre los matorrales.

Cuando empezaba a oscurecer, su madre, doña Brígida de Bracamonte, que súbitamente despertaba de la siesta (dormía sentada con la cabeza derrumbada hacia delante), se asomaba a la ventana y, con sus gritos, hacía retumbar las lámparas del palacio.

—¡Lavanderas! —les decía según iban llegando con los fardos en las cabezas—. ¿Habéis visto a mi hijo?

Siempre lo mismo: la madre que fingía no saber, las lavanderas que sabían que la madre prefería no saber.

—Uy, doña Brígida, nosotras, ¡qué va!

A veces, cuando despertaba con gana, doña Brígida bajaba hasta el río, se remangaba la falda hasta los muslos y entraba en el agua. Avanzaba trabajosamente, lo agarraba de una oreja y lo sacaba. Pero las más de las veces lo dejaba hacer. Porque ese vivir sólo para los sentidos del hijo era algo superior a sus fuerzas, y ella no podía más, por Dios.

Ciertamente, don Íñigo de Grandes había venido al mundo para vivir lo bueno. Al nacer se encontró con unas comodidades y una holgura vital que él no había propiciado, condenándose desde el principio a *representar* al otro: a su padre, a su abuelo. Como todo lo tenía en casa, perdió el contacto con la sustancia misma de la vida, que es esfuerzo, duda y lucha despiadada, oh, sí. Se fue reblandeciendo. Si don Íñigo no se dedicó al negocio familiar de importación de tejidos no fue por un firme deseo de huir de su propio destino: él no tenía voluntad de huida (y en la huida uno siente el verdadero peso de las vísceras y él no sentía ni vísceras ni nada). Ni siquiera tenía conciencia de querer encontrarse con ese que todo hombre o mujer *debe ser*. Él sólo había venido a la vida para hacer lo que le daba la gana.

De modo que la madre andaba como loca y, cuando tuvo que buscar un lacayo para su hijo –ya era demasiado mayorcito para que las criadas anduvieran desnudándole–, no pensó en un lacayo cualquiera. Cuando Sebastián se presentó por primera vez en el palacio, doña Brígida le miró de arriba abajo y supo que era la persona ideal. No se equivocó.

El lacayo Sebastián, además de resultar un criado abnegado, fue durante todo el tiempo el mejor amigo de don Íñigo. El único que por la mañana le sacaba de la cama a tortazo limpio y comprendía el aturdimiento y la falta de madurez de su amo. El único que sabía escoger la ropa que a él le gustaba. El único que sabía hacerle los huevos pasados por agua (¡ni duros ni blandos, so imbécil!) con las tiras de pan y mantequilla para mojar en la yema líquida pero no demasiado líquida. El único que le escuchaba cuando el otro le contaba –tumbado sobre la cama, los brazos detrás de la cabeza y mirando al techo– que las novicias del convento ya no eran lo que fueron (¡oh, gloriosas novicias del convento!), el único que se levantaba en medio de la noche cuando el marqués le llamaba a grito pelado porque tenía miedo, un miedo irracional a la oscuridad (o a la nada), porque de esa nada puede emerger un brazo,

–o una mano que me agarre, oh, lacayo Sebastián,

o un susurro, un roce, no te vayas, no te separes de mi puerta o te parto los dientes. El único que le aguantaba sus histerias infantiles, gritos e impertinencias, el único que se prestaba a ser insultado delante del servicio, el único que en realidad hacía las funciones de madre y de padre a la vez.

El secreto de ese entendimiento y lo que verdaderamente les hacía funcionar como pareja era que amo y criado eran opuestos en todas sus facultades y caracteres: el uno juerguista y mujeriego, el otro sobrio y hasta misógino; el uno vago, el otro trabajador; el uno pobre, el otro rico; el uno irresponsable y olvidadizo, el otro tremendamente cumplidor; el uno extrovertido, el otro replegado sobre sí mismo y sobre sus pelotas de papel.

Precisamente gracias a la afición de hacer pelotas de papel el lacayo conseguía aguantar el día a día y situarse por encima de todos aquellos criados débiles y pequeños que se metían con él (*débiles y pequeños*, murmuraba él entre los arbustos, eso es lo que sois). Porque el mundo era para él un batiburrillo. Un escenario hostil y malo, lleno de cosas malas, al que sólo conseguía poner orden haciendo sus pelotas de papel. Por la mañana, antes de salir del palacio, le veíamos preparar los trastos, y rumiaba de felicidad. La lámpara de carburo para poder ver en los días muy oscuros de invierno, los periódicos viejos y polvorientos que cogía a hurtadillas del salón, los ojos brillantes de avidez y las manos desmedradas, preparadas para arrugar. Y, al trajinar entre los arbustos, el fragor del rocío que se posa sobre las lilas, el leve roce de las manos contra el periódico y el crujir de las páginas, anunciaban el momento que vendría después: el silencio. Trajinar para luego oír el ronzar del silencio que parecía surgir a su alrededor, estuviera donde estuviera.

Y callar.

¡Si él hubiera sabido en aquellos momentos que el diablo (y otras malas sombras) ya andaban urdiendo las suyas! ¡Si él hubiera barruntado la desgracia que se le venía encima!

Como decimos, el lacayo Sebastián tenía el don valiosísimo de saber callar.

En primer lugar, callaba sobre su pasado. Callaba como un pájaro sobre lo que había hecho durante todos los años anteriores a su ingreso como lacayo en el palacio (doña Brígida le dijo: ¿Cuál fue tu trabajo previo?, y él: Eso no importa, y ella: No importa siempre que cumplas con tus obligaciones, y él: Así haré, y ella: Al marqués le ayudarás a vestir, abrirás el portalón por la mañana y te ocuparás de que la leche esté en la cocina a la hora del desayuno, desvestirás al marqués para la siesta).

Calló.

Calló durante todos los jueves de muchos años, cuando el marqués entraba en el cuarto de baño y se echaba perfume mientras canturreaba, *oh, yeguas fecundas en la fosforescencia*. Cuando se aplastaba con agua azucarada y se ponía las calzas y el frac apretado para salir al jardín y montar en su caballo apretado apretado. Cuando el marqués salía a galope y desaparecía entre la bruma y volvía a aparecer al cabo de unas horas, despeinado y con ojos inyectados de lujuria. Callaba cuando doña Brígida lo mandaba callar, callaba cuando oía. Cuando oía los gritos en la alcoba: trotaconventos, vago, putón, nos llevas a la ruina. Cuando el otro volvía a bajar recitando hermosos versos de memoria, *el miedo y la felicidad en mis cabellos hendidos por el relámpago; después el agua y el olvido,* como si nada, o, por el contrario muy alterado. Callaba cuando al entrar en la habitación de don Íñigo lo encontraba llorando. Tierno, roto: aquello era casi una risa. Callaba cuando él mismo, por el solo hecho de ser el lacayo, tenía que pagar el pato, callaba cuando el otro le abofeteaba como si no fuera más que un niño.

Callaba ante todos y cada uno de los ataques de rabia de su señor porque en el fondo, él sabía que su señor sabía. Sabía que no era un mero lacayo. Oh, no.

Él era un confidente, el mejor amigo al que no traicionarían nunca. A pesar de los ataques de rabia.

Nada más ser contratado, el lacayo tuvo que enfrentarse a la difícil tarea de ir a buscar al marqués a nuestro convento. Por entonces, don Íñigo había reducido sus paseos por el campo a dos días por semana. El resto del tiempo lo pasaba en el palacio, pasmado ante la dicha de que ya quedaba poco para el jueves.

El jueves a las ocho en punto.

Por aquella época, la costumbre del marqués de visitar nuestro convento ya alimentaba las charlas y murmuraciones del servicio y esto era algo que doña Brígida de Bracamonte no podía soportar. Don Íñigo salía al jardín, caminaba de puntillas para que las hojas del suelo no crujieran a su paso, se agachaba a la altura de la verja, cogía una margarita o un tulipán, lo sujetaba entre los dientes, escalaba el muro del convento y saltaba al otro lado como un ladrón. Una vez en el claustro emprendía una carrera hasta la celda de una de las novicias, cualquiera, la que oliera a monda de manzana o a jabón (¡oh, gloriosas!), sus zapatos de charol hacían cli sobre la baldosa de mármol.

Cuando, a poco de empezar a servir y encomendado por doña Brígida, el lacayo fue a buscar al muchacho a nuestro convento, no sabía que ésa era una noche de pájaros.

–Buenas noches, monjas.

–Buenas noches –dijimos las monjas.

El lacayo nos explicó que venía a recoger al señor don Íñigo, que –y estiró el cuello para echar un vistazo al interior en penumbra– según su madre debía de estar rezando en una de las capillas.

–Pase usted, buen hombre –le dijimos, lanzándole una sonrisa glacial.

Era una noche de luna y pájaros y, aunque el lacayo no consiguió llevarse al marqués de vuelta al palacio, sí cayó en la cuenta de la verdadera índole de su señor y de lo que conllevaría su nuevo trabajo. Según se aproximaba a la zona de las celdas, oyó voces atropelladas, murmullos, una puerta, y enseguida, pasos afelpados en el patio chico, pisadas masculinas pero también un revoloteo de faldas, un susurro de indignación: ¡a mí!, ¡que me vienen a buscar a mí!, y un dulce: sí, marquesito, pero no se preocupe, de momento escóndase aquí, nosotras le entretendremos, y una carrera, y luego otra.

Y de nuevo, nuestras sonrisas glaciales.

–Necesitamos su ayuda, lacayo.

–¿Mi ayuda? –dijo él, volviendo a estirar el cuello para ver si alcanzaba a ver algo de lo que, sin duda alguna, ocurría por detrás de nosotras.

–Su ayuda.

–Díganme, pues.

Que necesitábamos la fuerza bruta de un hombre, eso le dijimos (y según íbamos hablando, nos sujetábamos de brazos y nos disponíamos en trinchera frente a él), y que sólo él podría defendernos del enjambre que nos persigue, un ser alado que se mete en la cabellera de sor Pureza, que choca, pajarraco infame, contra su frente, y ella quiere huir, que se mete en la noche de su pelo y rasguña y pica, y ella grita, quitádmela de aquí, por Dios Mi Madrísima, ¿qué hice yo

25

para merecer esto?, no es blanca ni ángel sino negra y roja como un demonio, que no es fría sino caliente, resbalosa, arrancadme a la cigüeña que tengo incrustada en la cabeza, porque tiramos con toda nuestra fuerza para arrancar y la cigüeña se agarra con sus uñas, aletea la muy pájara, ayúdenos, ayúdenos, vive en la cabeza de la monja Pureza,

no llores, Puritiña, no llores, ya hay aquí un hombre para ayudarnos.

Mientras le contábamos todo esto al lacayo, el marqués corría pasillo adelante, justo por detrás de la trinchera que habíamos construido con nuestros cuerpos. Avanzaba empapado de sudor, las enaguas de París bajadas hasta los tobillos, la risa desnuda, enganchándose con los armarios, las jamugas y los arcones, tropezándose y volviéndose a levantar, recorriendo patios y pasillos, saliendo por la puerta principal, subiéndose las enaguas y montando en su caballo, adiós. Adiós.

–¿Y dónde está el pájaro?

–¿Qué pájaro?

Nunca supimos si el lacayo había preferido no complicarse en su primer día de trabajo (en esa noche de pájaros). Al fin y al cabo, todo hombre sabio –y él lo era, no cabe duda– sabe que hay circunstancias en las que conviene hacerse el bobo de capirote. Y el lacayo Sebastián tuvo que hacérselo en muchas más ocasiones de las que él mismo hubiera deseado. De hecho, la costumbre de hacer pelotas de papel entre las zarzarrosas no era más que eso: pura bobería.

Raída, monja y vieja.

Desmontada por el llanto, cobijada en el amor salado y blando que proporciona la sal y el moco, las manos muertas sobre el clavecín, la vista fija en el bordoneo de las alas de una mosca. Así encontramos a la abadesa Violante a la mañana siguiente de que el marqués visitara a la novicia con olor a monda de manzana.

Dos días después de que el marqués en persona anunciara que sus visitas se reanudarían.

Siete meses y medio antes de que le llegara la muerte.

Cuando todo empezó, el privilegio sobre pueblos, parroquias y monasterios del que había gozado nuestro convento durante muchos años quedaba muy atrás. Habían desaparecido los lujos y se empezó a vivir de lo que se trabajaba, yendo los pocos dineros que se recaudaban a la caja común.

Los jueves en que estaban previstas las incursiones de don Íñigo de Grandes en el convento, la abadesa escondía a las novicias en las fuentecillas y los tapancos amenazándolas con graves castigos si chillaban o se descubrían sin su permiso. Otras veces las reunía y las mandaba a lavar al río, ae, pues, lejos, niñas –y hacía con la mano el gesto de espantar gallinas (en realidad, esas antiguas damitas de marquesa no eran niñas sino gallinas, gallinas putas y lirondas sin domesticar)–, perdeos por el prado, lavad lo que está muy sucio y no volváis hasta la noche noche. Pero la oscuridad es peligrosa y da miedo y las novicias nunca se adentraban en la noche.

Don Íñigo comenzó a aparecer en el convento sin anunciarse. Sin que nadie recordase haberle abierto la puerta se presentaba en el patio, en la lavandería, o en uno de los pasadizos con la margarita en la mano, preguntando por la novicia de turno. Hasta que la abadesa se dio por rendida, hizo ojos sordos y se refugió en el quehacer. Además de a las salazones y confituras –que desde entonces producimos en grandes cantidades–, comenzó a dedicarse con especial ahínco a la música y a las labores de aguja. Cosía hasta quedarse ciega. Y cuando se cansó de coser, comenzó a deambular. Envuelta en su hábito, flotaba por el patio haciendo que hacía, todo el día transportando cosas en la carretilla: huesos de ciruela, cirios de iglesia, plumas, corazones de manzana y espinas de pescado. Paseaba durante horas con esos objetos y, cuando caía la noche, cavaba un hoyo y los enterraba en una esquina (en esa zanja abierta, explicó un día sor Gaudencia con ojos semicerrados, sepulta trozos de su felicidad, oh, sí, trozos grandes de su felicidad). Luego, cuando ya no quedó nada por enterrar, decidió encerrarse. Pasaba semanas enteras en su celda, desmelenada y demacrada, sin pedir alimento, el hálito y el dedo posados en el cristal de la ventana para hacernos saber que las naranjas verdes pasarían a amarillas, sonriendo triste cuando, a través de su puerta entreabierta, veía pasar al marqués con la margarita en la mano, más insolente y delgado que nunca, cimbreando como un árbol desnudo de hojas en dirección a la celda de alguna de las novicias.

Optó por no asistir a la misa del alba y, poco a poco, fue olvidando sus otros deberes conventuales. Ya no era la mujer enérgica y carismática que nos organizaba a diario. La férrea disciplina que siempre había ejercido se hizo laxa y el día a día se convirtió en un suplicio. La abadesa sólo lloraba. Lloraba hasta quedar vacía. Como si esas lágrimas que le caían por las mejillas y le empapaban la túnica estuvieran compuestas de agua y bilis. Comenzó a quejarse. Y horas antes de las visitas del jueves la oíamos agitarse, patear como una yegua encerrada. Golpeaba las paredes, rompía los cristales. Salía a golpear a don Íñigo y a las novicias.

Al recién nombrado vicario provincial le llegaron rumores de lo que ocurría en aquel convento tan próximo al Palacio de Oca. Y cuando sus enviados nos visitaron, el panorama con el que se encontraron no podía ser más estremecedor. Sin la autoridad y la disciplina de nuestra madre, un veneno demoledor parecía habitar en cada una de nosotras: mentíamos, odiábamos, robábamos como lechuzas. La competencia y la desconfianza entre nosotras era atroz, cualquier motivo –una sonrisa a destiempo, una palabra más alta que otra, una opinión distinta– era válido para iniciar una pelea. No se seguía ninguna rutina, la desocupación dio lugar al caos (ahora sabemos que la ociosidad es enemiga del alma), el huerto y los animales estaban abandonados y la guerra intestina parecía ser el único motor existencial. A pesar de las influencias del marqués en la comarca, las autoridades decidieron cortar por lo sano y prohibir las visitas durante un año completo. Comida (y, en el fondo, recomida) por la angustia y el remordimiento, la abadesa salió de su ciénaga. Ya por entonces tenía la memoria embrollada y estaba medio sorda de un oído, pero en menos de dos semanas reanudó nuestras obligaciones y trabajos. Construyó un orden moral aparentemente blando pero en realidad más férreo que el anterior. Apenas nos estaba permitido salir y trabajábamos duramente todo el día.

Dimos gracias al Señor porque ella volvió a ser la que era.

Se prohibió todo aquello que indujera a la belleza y la coquetería de las preladas. Las medallas, las cintas y las blondas para el cabello fueron prohibidas y nuestros hábitos fueron alargados. La culpa se convirtió en la palanca de poder de la abadesa. Si una monja robaba, no se le aplicaba un castigo, al menos un castigo tradicional. Durante tres días, mientras las otras trabajábamos a su alrededor, debía sentarse en medio del patio con la sola obligación de *no hacer*. El primer día lo pasaba pensando. Pensando en la falta que había cometido pero también en otras cosas: en los rizadores con los que se iba a cubrir el cabello cuando la abadesa no la viera, en la rosquilla de azúcar que tenía escondida bajo la almohada, en la zancadilla que le pondría a la que la había acusado. Poco a poco iban quedando pocas cosas en que pensar y al caer la tarde del segundo día llegaba el desvelo. Y luego: la duda. Por último: la angustia. La culpa horadaba el pensamiento.

Sentada sobre el brocal del pozo del huerto, acuclillada sobre ella misma, las rodillas junto al mentón, al segundo día esa monja cerraba los ojos y escuchaba el runrún del remordimiento. Porque el remordimiento es un murciélago que bate las alas, una arañita, un ratón que roe los bordes y llega hasta la médula. Al tercer día no había nada. Alguien, desde alguna parte muy íntima, había limado, absorbido, chupado lentamente el humus creador del pensamiento. En la noche del tercer día, ahí estaba el hueso de la conciencia: seco, desnudo, limpio. Y la culpa: dúctil, viscosa, abundante como la carne de un fruto.

Pero también, todo hay que decirlo, aprendimos cosas buenas de ese periodo de desorden y anarquía.

Nos unimos. Entre nosotras las hay enanas y gigantas, lampiñas y bigotudas, pobres y ricas, taciturnas y ruidosas, nobles y vulgares, abnegadas y vagas, comunes y provistas de pechos como peras, regordetas de piel fría, diferentes e idénticas. Aprendimos que para combatir la desgana y la pereza es necesario vivir con el prurito del *orden*, de la exactitud, de la coherencia, de la armonía de todas las cosas y con un gran *sentido de comunidad.* Sabíamos, y aún hoy sabemos, que todas juntas éramos mucho más fuertes, masa, carne veinte veces más densa, más rica y más valiosa. Aprendimos que la riqueza no existe si no es por comparación con la pobreza, que la belleza casa bien con la fealdad y que, en su ambición por las alturas, el abnegado necesita de la admiración del vago. Aprendimos a complementarnos. Aprendimos que el trabajo es necesario, que el aburrimiento del trabajo rutinario y obligatorio no tiene en absoluto que ver con el aburrimiento del que no tiene *absolutamente* nada que hacer.

Y aprendimos a suplir lo que nos proporcionaba la vida conventual espiando el mundo desde la ventana del sobrado.

Pero, como era de suponer, a la abadesa no le gustaron esas costumbres. De sobra era consciente de que ese pacto entre nosotras nos hacía fuertes y felices frente a ella. De hecho, todo su orden moral, la *culpa y el castigo,* el pecado, sólo estaba encaminado a *combatir* nuestra emancipación. Y nosotras no debíamos *pensar,* no debíamos *mirar más allá.*

Por eso también, el día en que se enteró de que nos dedicábamos a espiar el mundo selló la ventana con unas tablas (el mundo seguirá siendo mundo sin vosotras, nos dijo). Luego nos condujo hacia el patio y nos hizo sentarnos a *no hacer.* Y para vigilar que no moviéramos un dedo, se situó frente a nosotras, bajo el muro donde trepan las rosas rojas, la espalda contra las espinas.

Ese día aullaban los perros (era el aullido más desolador que jamás habíamos oído) y llovió sin parar. Allí sentada contra el muro, sin mover ni un solo músculo de la cara y hecha una sopa, la vista fija en nosotras, la abadesa Violante se convirtió en *portadora del dolor.* Uno de los árboles del huerto se derrumbó, cayendo sobre ella. En lugar de levantarse, la madre madrecita reculó bruscamente, clavándose una espina del rosal: la espina que todavía hoy lleva dentro. En su expresión contraída –era una suerte de sonrisa atravesada– pudimos leer la locura agónica que aún hoy la acompaña. En lugar de pedir ayuda, tomó aquello como una penitencia y se apoyó con más fuerza contra la pared, los ojos húmedos y fijos en nosotras, hasta que la espina acabó por hundirse en la carne y las lágrimas resbalaron por las mejillas lentas hasta la boca.

Ciertamente que el vicio de espiar el mundo era difícil de combatir porque, para disimular, inventábamos mil argucias. Muchas mañanas, cuando hacía sol o corría el viento, salíamos al huerto con la excusa de lavar: fuera la sayuela, la túnica blanca con las amplias mangas colgantes, la toca y el escapulario negros, las enaguas también iban a la pila. Despojadas de ese peso, desnudas como Dios nos arrojó al mundo, jugábamos a *no ser monjas*. Decíamos: Tú eres hoy una lechera, tú una carbonera, tú una puta y yo una planchadora. Rasgábamos unas sábanas y, mientras nos hacíamos lazos para el pelo (todavía hoy nos salva ese juego), conversábamos tranquilamente.

–Tú, lechera –decía la planchadora–. ¿Te acuerdas de por qué amar al prójimo es bueno?

–No me acuerdo –contestaba la lechera–. Tú sabes que nunca me acuerdo de nada.

Frotábamos con las manos que *no eran nuestras* y dábamos nombres nuevos a las cosas: la pastilla de jabón era un limón, la sombra del muro era una vaca, el agua era leche, la cigüeña de la torre era un gusano. El juego nos hacía bien y reíamos. Reíamos hasta el atardecer y la risa estallaba en la cabeza como un fuego de artificio. Entonces nos cubríamos la cara con las palmas todavía frías y huíamos por los pasillos, por las galerías, por los claustros comiendo polvo, por las celdas primitivas hasta llegar a la ventana que está en lo alto de la escalera. Con las muelas *que no eran nuestras* (y por tanto libres de toda culpa), aflojábamos los clavos de las tablas que la condenan.

Encendíamos una vela y rajábamos la noche del desván.

Decíamos (todavía hoy decimos):

—Tú que estás sobre mi chepa, Niña Tuerta, dime qué ves hoy.

Pero el ojo muerto de la Niña Tuerta es así, no es fijo. Si se deja, sigue al vivo.

Cae la tarde en ese ojo.

Cae la tarde y la abadesa apila las ollas en la cocina antes de perderse por el revoltijo de corredores para buscar sus gallinas huesudas, su botella entera de vino, sus grandes bragas rosas, su pepita de limón. Una de nosotras grita: Ya podemos, y entonces avanzamos hasta la ropería y empujamos la puerta. Allí dentro hay una claridad impura y tamizada, un olor a plancha que ahoga y mata. Entre las sábanas almidonadas están escondidas las dotes que entregan las novicias al ingresar en el convento: brazaletes, penachos, diademas de diamantes, sortijas de piedras preciosas y gemas sin tallar.

Nuestras manos largas crujen entre las sábanas dobladas de la estantería. Se entrecruzan y confunden, palpan, buscan hasta encontrar, gozan de la suavidad abrupta del oro de las joyas. De la celda prioral llega entonces un gemido tenue, una suerte de lloriqueo fangoso, y luego un: ¡Pero quién anda ahora por ahí, por el amor de Dios! Ágiles y rapaces (no importa cuál sea de quién), nuestros dedos se doblan como ganchos, nuestras manos saltan a los bolsillos de los hábitos. Nos precipitamos todas juntas hasta la puerta. Decimos: Cogemos sábanas limpias, madrecita. Se hace un silencio, ¿qué es lo que cogéis?, se oye desde la celda, sábanas, repetimos, ¿sábanas?, sábanas limpias para hacernos la cama, para hacerle la cama a usted también, madrecita. Oímos un sorber de mocos: ¿Acaso estoy en la cama?, pregunta la abadesa tanteando a su alrededor. Está usted en la cama, le decimos, ¿y qué tiempo hace hoy?, pregunta. Miramos por la ventana. La tarde cae fría y las nubes negras se aplastan contra el río. Bueno, contestamos, excelente. En ese caso, dice ella cogiendo el vaso y sorbiendo un poco de agua, si no va a llover, ¿por qué ladran los perros? No ladra ningún perro, decimos. Sí tal, dice ella, y mira con ojos de jabón: *gañen*.

Deja el vaso sobre la mesilla y se lleva un puño a la boca, añade: *gañen porque tienen miedo de la lluvia*. Duerma un poco, decimos nosotras, duerma un poco más, que dentro de un rato le preparamos el baño calentito, y comenzamos a avanzar de nuevo hacia las sábanas, no puedo, dice ella mordisqueándose los nudillos, no puedo porque tengo muchos perros, negros, relucientes, malos, veinte con los ojos ardientes, desgarrándome los sesos con las uñas. Usted no tiene perros sino una simple sordera, duerma y calle. Veinte, repite ella, veinte perros.

La Monja Extraordinaria tiene huesos anchos de elefante y es negra en los labios y las aletas de la nariz. Cuando introduce una a una las joyas en un bote de talco vacío, su gesto se retuerce, su boca crece roja y se contrae en una mueca.

Cuando abrimos la verja y salimos a la calle con las joyas robadas, su semblante se hace animalesco.

Salimos,

unas más altas que otras y en línea horizontal, un peine desdentado que avanza por el camino,

y volvemos a entrar porque una de nosotras tiene miedo,

miedo de que la madre madrecita nos haya oído robar y nos azote.

Pasamos frente a su puerta y ahí está, oyendo por su oído sordo y farfullando entre sueños. Dice: Tampoco hace falta mendigar más leche, al fin y al cabo tenemos litros y litros en las tetas de las vacas. Eso es, le contestamos nosotras, litros en las tetas, y las gallinas son buenas ponedoras, añade ella incorporándose un poco, asomando la cara dormida por encima de la manta y volviendo a palpar la mesilla, ponedoras de primera, ¿verdad, mis niñas, que es una gloria no tener que depender de nadie? Oh, leche, huevos, carne, fruta, y hasta chocolate con mojicones, le dice una de nosotras, tumbándola de nuevo de un manotazo. Y *perros*, dice ella, dejándose ajustar los brazos entre la manta, no nos falta de nadita.

Desde que volvieron los visitadores a nuestro convento a investigar las visitas del marqués, la abadesa nos ha prohibido salir a mendigar por las aldeas y los campos. En su visita, los emisarios del vicario principal explicaron que los peligros acechan por todas partes, en las puertas y en las ventanas, dijeron, en las entradas y salidas, en las fiestas o convites, en las romerías e incluso en la iglesia, y que por eso estaba en marcha una reforma que comenzaría con la prohibición de nuestras salidas y que acabaría —en caso de que no se erradicara el peligro— con la construcción en el convento de rejas y murallas.

—¿Peligro? —preguntó la abadesa, llevándose la palma al corazón—. ¿Qué peligro?

—*Impudicia* —fue la respuesta de los visitadores.

La abadesa les dijo entonces que en su convento nunca había habido tal..., y se detuvo para inflarse el pecho y expulsar el aire: *impudicia* (algunas tuvimos que correr a un rincón para taparnos la boca y aguantarnos las risitas) y que aislarnos no era en absoluto buena idea porque en nuestra actividad exterior éramos muy útiles: todos los domingos recorríamos las calles tocando la campana para recordar que se hiciera oración por las almas del purgatorio.

—Al parecer usted es la única que no sabe lo que sus monjitas hacen con la campana —dijeron entonces los visitadores.

La abadesa los persiguió hasta la verja y les arrojó la bula a la cabeza. Luego nos reunió en el refectorio y nos comunicó que desde entonces seríamos autosuficientes, que no volvería a permitir que nadie nos recordara que éramos unas pobres muertas de hambre.

Pero —y que Dios nos reprenda si mentimos o exageramos— tres o cuatro gallinas, unas lechugas finas y varios naranjos con frutos más verdes que amarillos no son sustento de nadie. Por eso, cuando la madrecita duerme la siesta deambulamos por las calles llamando al hambre con nuestro cencerro: ¡Hambre!, decimos, ¡hambre y mucha!, el olor a asado que sale de las cocinas nos retuerce los estómagos vacíos, caminamos muy aprisa, llegamos a palacio.

Hoy duermen todos, de pie o sentados, los brazos apoyados sobre el mármol de las mesas o enredados en el sueño de las lilas de la entrada. Aprovechando que la verja está abierta, tiernamente entrelazadas de dedos, recorremos el paseo de los tilos, bordeamos el estanque donde está el lacayo echando una cabezada.

—¡Lacayo! —le gritamos.

Y reímos para nuestros adentros porque sabemos que es un ser espantadizo.

—¡Despierte usted, haragán!

Se estremece, dice: Sí, mi señor, porque de pronto piensa que es su amo quien le habla. Se pone en pie. Al vernos (veintitantas monjas dispuestas en hilera frente a él), pone cara de alivio.

—Sois de muy mala condición —dice, y se mete entre las

zarzarrosas y las lilas, limoneros y basuras. Sin duda para hacer sus pelotas de papel.

Nos miramos. Además de ser espantadizo, sabemos que el lacayo es un hombre de mucha entendedera. Por eso pensamos: Vamos a preguntarle eso que pensábamos preguntarle. Preguntamos:

–¿Usted nos puede decir..., usted nos puede decir si morir es un acto individual?

Pero de las zarzarrosas no sale ni un solo ruido. Ni siquiera el crujido de los huesos de las manos. Ni la sola voz que cuenta dos, siete, dieciséis. Ni el suspirar del hombre alegre que ya tiene hecha otra pelota de papel. Sólo un silencio recóndito, y, cada vez más (a lo mejor se ha pinchado con una espina), una respiración hecha de trozos, nerviosa y solapada, corta como las espinas, una respiración de boca abierta que aguanta la fatiga.

–¡Lacayo! –le gritamos.

Una respiración de hombre ausente, reconcentrado en sí mismo.

–¡Lacayo Sebastián!

Cada vez más extensa.

–¿Sí...?

Más frenética y mezclada con otros sonidos.

–¿Qué es lo que... me...?

Sonidos guturales y agudos, casi de mujer. Y por fin un ayyyyy, extraño y pueril, un alegre chillido de grulla y un suspiro largo, y un sosiego infinito. Y por fin un rasgar metálico, como de cremallera que sube o baja. Y un la madre, la madre que os parió, monjas de malísima condición.

Y ahora ya sí: el papel, el habitual crujido del papel entre las manos.

–Preguntábamos, lacayito, si la muerte es cosa de uno o tal vez de muchos a la vez.

Y dos, siete, dieciséis pelotas de papel. El lacayo sale de

los setos ajustándose la cintura del pantalón y se instala junto a la gárgola del estanque. Nos mira con los ojos guiñados al sol. Dice:

—¿Cuántas sois?

—Veintitantas —contestamos—. Veintitantas a la vez.

—¿Y qué memoria pueden tener veintitantas a la vez?

—Ninguna —contestamos.

Los dedos del lacayo encuentran un palo con el que dibujar sus pensamientos. Durante un rato, sus pensamientos son círculos en la tierra.

—Entonces no sois nadie —dice, arrojando la rama al agua del estanque. Mientras revuelve explica que sin recuerdos no hay persona, y sin persona no hay muerte. Dice también que, en todo caso, tenemos suerte de no conocer la soledad, que es la única lacra que acompaña al hombre durante toda su vida y que provoca el ahogo—. El ahogo y nada más que el ahogo, porque viene sola o acompañada de otras muchas cosas, directa o indirectamente, —suelta la rama, que queda quieta sobre la superficie—, incómoda y sorprendentemente fría, benéfica en algunas épocas del año pero devastadora, absolutamente enemiga del ser humano, casi siempre.

Uf. ¡Verdaderamente es un hombre de mucha entendedera! Seguimos hasta el palacio contentas de ser muchas y de no tener recuerdos. Al sentirnos llegar, la cocinera saca un brazo por la ventana, hace volar mendrugos de pan, mondas de naranja, comed, monjas de mala ralea, restos de cabrito asado, francamente, dice sin mirarnos a la cara, da pena veros, hasta las ratas viven mejor en este pueblo, antes erais gordas y guapas, tanta necesidad os afea, no os acerca a Dios, por mucho que se empeñen, eso, decimos nosotras asintiendo con la cabeza, masticando los mendrugos con las muelas de delante, eso es justamente lo que pensamos, por mucho que se empeñen. Ahí quieta, asomada por el antepecho de la

39

ventana, la cocinera baja la cabeza. Se hace un largo silencio.

–Aunque últimamente... –nos dice– no es que ande Dios muy disponible. –Se frota las manos contra el mandil, nos mira de reojo y agarra un cubo con vainas listas para vaciar–. No por nada en concreto –comienza a sacar los guisantes introduciendo sus gruesos dedos–, pero siempre me he apoyado en Dios y...

–Dios no es una muleta –la cortamos.

Ella se queda pensativa.

–¿Y qué es entonces? –pregunta.

De pronto, ante la visión de la monja negra sacándose una sortija de piedras preciosas de debajo de las faldas, el rostro de la cocinera se ilumina. Calla. Deja de hablar de Dios. Sale de la cocina con las vainas en la mano. Nos abre el portalón (el elástico de las medias ciñéndole la pantorrilla se refleja en la vena hinchada de sus sienes). Nos hace entrar, se seca las manos, se mete un guisante en la boca y lo mastica, mira fijamente a la sortija: Hoy, monjas de mala ralea, tengo mucho que contar.

Sin pensarlo dos veces, la Negra Extraordinaria coloca la joya sobre la palma.

–Habla, pues –dice.

Mientras la cocinera examina la sortija nosotras revoloteamos a su alrededor, nos entretenemos sobándole el mandil, quitándole las horquillas para hacerle peinados. Por fin escupe el guisante. Dice: La madre del marqués, doña Brígida, está harta de que el hijo ande vagueando todo el día de aquí para allá en su caballo, y es de comprender porque ya me diréis, todo el día punteando (fornicando, aclara una de las criadas desde el fondo del pasillo). Como no está dispuesta a que el hijo vuelva a las andadas en el convento, mañana llegará una muchacha. Dicen que es joven, bella y pura, de cuna noble, se sabe que vendrá de muy lejos para contraer matrimonio con él. La cocinera calla de golpe.

Vuelve a examinar la sortija, alza la vista para mirarnos a la cara. Dice: Esto no vale ni una palabra más, y menos palabras de esta envergadura. Gira la cabeza a un lado y a otro para comprobar que no hay nadie. Añade en un susurro: Sacad unas joyas de novicia de esas que tenéis apretaditas entre los muslos si es que queréis seguir escuchando.

Alzamos la vista. Miramos el reloj de la cocina y nos consultamos afligidas. Los minutos transcurren veloces, el tiempo tiene un lapso diferente cuando estamos en el palacio. Cuando la cocinera no mira, la Negra ladrona se hace con algunos cubiertos de plata que están sobre la mesa, oh, no muchos, principalmente cucharas y tenedores, y se los mete por debajo de las faldas. Decimos que nos gustaría sacar más joyas y seguir escuchando pero que es tarde y tenemos cosas que hacer.

—¿Cosas? —pregunta ella, abriendo un poco las ventanillas de la nariz—. ¿Qué cosas?

—Cosas —le contestamos nosotras—: cosas bajo las estrellas.

La carne floja de nuestros muslos vibra con el sube y baja de las calles. Las faldas de la monja negra escupen cubiertos de plata, diademas, gemas sin tallar por el encachado, y tropezamos con matorrales y escombros. Al pasar junto al río, la Niña Tuerta se detiene unos segundos. Apunta con el índice hacia el fango. Musita:

—Los renacuajos.

La tiramos del brazo, mañana, le decimos, hoy es tarde y aún hay cosas que hacer.

Al llegar al convento, comprobamos que la abadesa está ocupada. Toca el clavecín en la celda prioral. Acompaña la música con los pies, canta sola, ríe, chilla, la pájara.

Anochece y la luz es muy propicia para el pecado.

Corremos agitadas hacia el patio, unas bajo los hábitos y otras más despacio, de puntillas hasta el cobertizo para coger la carretilla con las herramientas. Una vez fuera, hacemos grupos para distribuirnos el trabajo: las humildes a este lado y las soberbias a este otro; las turbulentas y las quietas; las bigotudas y las lampiñas.

Las muy altas y las bajas.

Durante toda la noche, trabajamos bajo las estrellas.

Al alba, la Niña Tuerta nos despierta zarandeándonos. Tiene el ojo muerto como un tajo de cebolla y sujeta en una mano un tarro de cristal vacío. Dice (y mira al vacío, o al paisaje de la ventana):

—El tiempo impide la luz.

Y nosotras:

—Calla.

Y ella:

—Los renacuajos.

Y nosotras:

—Calla, tuerta, caaaaalla.

Salimos al patio chico. Nos levantamos los hábitos y orinamos: un chorro caliente y espumoso, idéntico al de las demás. Cuando terminamos de rezar, nos ceñimos las tocas para bajar al río con los tarros. Las tocas son negras y angostas como el río.

Las tocas son frías y oprimen la cabeza y nos comprimen el aliento.

El sol resplandece y ahora nuestros muslos tiemblan cálidos al andar, los hábitos se alzan como la niebla y, a ambos lados del camino, las calles son ojos que acechan, las casas bocas que aúllan. De cuclillas en la orilla flanqueada de viñedos (a nuestro alrededor, las uvas cuelgan apretadas y jugosas), silenciosas como piedras, nos disponemos a atrapar renacuajos.

En el agua flotan pajas como cabellos, y al movernos levemente sentimos el roce de la piel dura y larga, el aire caliente y oloroso a fruta macerada que sale de las tripas de las otras. Decimos: A la de una, a la de dos y a la de tres y, todas a un tiempo, introducimos los brazos en el agua. Durante unos minutos rebuscamos entre el fango, el gesto retorcido y los párpados apretados para espantar el asco.

Los cuerpos de los renacuajos se disparan, nos hacen cosquillas en la palma de la mano, se escurren, alguno salta al suelo. Cuando por fin están dentro de los tarros, hacemos recuento. Yo tengo catorce, tú tienes siete y la de más allá dieciséis, ha ganado ésta.

Una calle de sol, de polvo, de gatos flacos por las cunetas y de cielo, de mucho cielo azul: monjas blancas y una alazán, galopando contra el viento.

Algunos renacuajos mueren por el camino (mueren en grupo por el camino) pero no importa porque lo que en realidad queremos en la charca de nuestro huerto no son renacuajos sino ranas. Ranas gordas que alimenten a las cigüeñas. Sor Gaudencia dice muy excitada: El renacuajo puede convertirse en rana, es decir, que tiene entre sus *posibilidades* el croar y el saltar de piedra en piedra. Sí, contestamos las demás, pero hasta que no *exista* como rana no puede ejercer esas *posibilidades*, no te hagas ilusiones.

Al llegar al convento lanzamos el contenido de los tarros a la charca del huerto. Miramos en silencio cómo la masa gelatinosa va de un lado a otro. La Niña Tuerta dice:

–Los renacuajos.

Sor Gaudencia dice:

–Las ranas.

Entonces oímos voces procedentes de la celda prioral. Durante unos instantes, la Negra Extraordinaria permanece escuchando a través de la puerta entreabierta, dura y quieta y entreabierta como la puerta, luego nos hace un gesto con la mano para que nos acerquemos. Susurra: La abadesa tiene visita, venid a escuchar. De una en una, soltando el barro de las faldas, vamos pasando hasta el interior, justo por detrás de donde se sientan la superiora y su visita. La estancia está en penumbra, pero la conocemos de memoria: a un lado, una mesa austera y una cama de hierro con dos gruesas almohadas de lana. En el ángulo opuesto, el clavecín abierto mostrando los dientes. Avanzamos hasta la cama con el crucifijo de madera, pisando el suelo frío de barro, oliéndonos la piel. La piel dura y larga de monja, resbaladiza como la de los renacuajos. Oímos (es una voz que nos resulta familiar):

—Le aseguro, madre Violante, que el marqués contraerá matrimonio en breve. Pero eso no quita que lo que está ocurriendo con sus monjas sea muy grave.

Pegaditas a la pared blanqueada, nos esforzamos un poco más, veintitantas monjas flacas y alargadas como la sombra que proyecta la luz de la vela,

vamos sigilosas hasta la silla, nos decimos: Vamos hasta la silla y luego hasta la mesa. En la mesa hay una jarra con limonada, dos vasos y un plato de rosquillas.

—Porque no sé si sabe que, además del peligro que suponen como mujeres, ya me entiende usted..., sus monjitas son unas ladronas.

Cuando llegamos a la mesa una de nosotras se suelta. De pronto queda horrorizada: ha descubierto que la invitada de la abadesa es doña Brígida, la madre del marqués. Desde algún sitio esa monja nos habla. Dice como un relámpago: Si corréis mucho, aún os da tiempo de esconderos aquí, en la caja de resonancias del clavecín. Así es que sin ser vistas avanzamos hasta el clavecín, principalmente para escuchar la conversación, escondidas en algún sitio sin ser vistas.

Nos arremangamos los hábitos, lanzamos las sandalias al aire y, con prodigiosa elasticidad, nos metemos dentro.

—¿Qué es lo que han robado mis monjas? —pregunta la superiora.

Doña Brígida da un sorbo a la limonada y se limpia con un pañuelo que se saca de la manga.

–Piezas de plata –dice después de una pausa, y añade–: Sé por la cocinera que fueron ellas. ¿Y sabe usted cuántas?

–¿Cuántas? –pregunta la abadesa, dirigiendo la mirada a la ventana.

–Piezas de plata –insiste la otra.

La abadesa se levanta. Desde nuestro escondite la vemos caminar hacia la esquina opuesta de la pieza con cara de preocupación. Se detiene. Mira al paisaje y suspira. De pronto se vuelve hacia doña Brígida y le abre los sótanos de su corazón. Confiesa estar agobiada, no saber qué hacer si el marqués empieza a visitar otra vez el convento. Teme que finalmente llegue la anunciada orden de clausura. Añade: Además, doña Brígida, he de contarle algo...

–Dígame, sor Violante.

–Todas las noches, las monjas salen al jardín y hacen cosas raras.

Doña Brígida alarga el brazo, coge una rosquilla y muerde.

–¿Cosas raras? –pregunta con la boca llena.

–Cavan en el jardín.

–¿Plantan flores?

–No plantan flores.

–¿Entierran gatos, pues?

A la superiora le brillan los ojos. Traga saliva.

–Cavan una fosa –dice con un hilo de voz.

Doña Brígida detiene la masticación y se levanta súbitamente. Mira a la abadesa con cara de espanto.

–¿La suya? –dice, apuntándola con un dedo–. ¡Dios Santo!

Nos removemos en el hueco. Nos falta el aire y es preciso estirar una pierna y luego un brazo. Es preciso salir.

–No meta a Dios en estas refriegas –dice la abadesa con mucha dignidad.

–¡Claro que no! –contesta doña Brígida con gran enojo, dirigiéndose hacia la puerta, tropezando con la mesa y derramando la limonada.

Llega hasta la entrada. Se vuelve. Añade:

—¡Ése es su problema, que Dios nunca pinta nada! ¡Pues recuerde que este convento se mantiene gracias a la caridad del marquesado de Grandes, y el marquesado de Grandes, es decir, *yo*, tengo mucho que agradecer a Dios!

Sale apresuradamente, la abadesa detrás, suplicándole con el brazo en alto que la perdone. Entonces, aprovechamos para asomar la cabeza y sacar una pierna, luego un brazo. Finalmente la cabeza.

Salimos del clavecín.

Subimos de puntillas hasta el sobrado. Con las muelas arrancamos los clavos que condenan la ventana.

Al otro lado de la tapia del convento, doña Brígida y la abadesa siguen despotricando, desaparecen entre la fronda espesa del jardín.

Un poco más allá, en la cocina del palacio, hay una luz encendida: junto a la ventana (y ella cree que nadie la ve), la cocinera termina de fregar la loza. Se seca las manos. Se vuelve, camina hacia la alacena, echa una ojeada a su alrededor y abre la puertecita de cristal. Saca un paño de cocina. Lo abre: dentro está la sortija de piedras que la Negra le entregó el día anterior.

Vuelve a la ventana y mira la sortija a contraluz. Se la introduce en el dedo. Mastica un guisante. Lo escupe.

Para admirar la sortija, una vez más, alza la mano.

Muchas veces, desde nuestra ventana, habíamos presenciado el trajinar de esas manos.

Manos de cocinera colosal que en la cocina del palacio hacen croquetas y amasan pan, manos que nacieron entre sartenes y platos y tarteras, manos que crecieron pelando guisantes y sin jugar, manos cuarteadas por el agua y abrasadas por el fuego, manos que sin embargo ríen porque son idiotas.

Despeinadas y rebosantes, felices porque no tienen memoria, manos falsamente piadosas que por las noches se buscan para rezar a Dios porque rezar a Dios y cocinar fue lo que les enseñaron en su casa. Como los domingos: manos que se pintan los labios y que huelen a perfume barato, manos que caminan haciendo bailar un bolsito negro, recogiendo amapolas, manos que entran en misa de doce y mojan en el agua bendita, manos que se hincan para volver a rezar. Manos que se santiguan y que luego, para escuchar, se acomodan bajo los pechos, entrelazadas de dedos para escuchar al cura que dice lo que las manos quieren oír, exactamente lo que ellas quieren oír, manos que al volver a casa se ponen a trabajar, lavan los cacharros, hacen natillas y baten claras de huevo, que olvidan lo que han oído y hacen ganchillo, po-

nen la radio, porque no saben estar quietas. Porque no tienen nada mejor que hacer. Porque los dedos se les hacen
huéspedes.

Manos que, sin embargo, muchas veces, se atrevieron a
soñar.

Manos que abren la boca y gimen en la oscuridad. Manos que sueñan con tener lo que tienen otras manos. Ágiles
para freír filloas y torpes para el amor.

Manos.

Manos que acarician las joyas de las que fueron ricas.

Manos que muy pronto juguetearán con otras manos:
las manos de un marqués.

Desde hace unos días, concretamente desde el día en que visitamos a la cocinera, nuestras encías laten como corazones, arden de dolor.

El dolor de muelas se confunde en nuestras bocas (¡veintitantas bocas!) hasta el punto de que en un momento dado ninguna tiene claro que se trate de un dolor propio. Una monja se lleva la mano a la mejilla. Dice: Atención, niñas, este dolor es mío, y otra monja: ¿Tuyo?, y ella: Mío. No seáis ambiciosas, dice una tercera, ¿no veis que el dolor no está en vuestras bocas sino en la mía?

Esta confusión no es sino resultado de una elección. Caímos en la cuenta de ello un amanecer helado de hace mucho tiempo, cuando una monja recién ingresada en el convento se levantó para orinar.

Se desaflojó el ceñidor y se subió el hábito hasta la cintura para sentarse sobre el orinal de porcelana. El borboteo del pis despertó al resto, que comenzó a desperezarse.

–Compruebo que a vosotras el frío también os impide dormir –gritó la monja que temblaba como un corderillo sobre el orinal–. ¿Cómo os llamáis?

Desde los catres, las monjitas estiramos el cuello para verla mejor. La monja nueva era pequeña y dura, con una frente ancha, surcada por unas gruesas venas malvas, una cara de textura frágil, cubierta por una piel amarillenta apenas curtida y un mentón saliente como una roca. Sin ser siquiera novicia, había tenido la osadía de ponerse la ropa: túnica, ceñidor, escapulario, velo y capa de color blanco. Era atrevida y fea como un diablo.

–Nos llamamos monjas –respondimos al unísono.

–¡Caramba, como yo! –dijo la recién ingresada, que miraba sorprendiéndose del increíble parecido físico entre ella misma y las demás. Enseguida se dio cuenta de que algo había que no funcionaba–. Pero entonces –dijo una vez levantada del orinal, dándose palmaditas en el trasero para alisarse los pliegues rebeldes del hábito–, cuando alguien quiera dirigirse a una de nosotras y nos llame: «Eh, monja», todas nos volveremos.

La congregación dijo:

–Así es.

–Y si una está indispuesta o de mal humor, o, pongamos por caso, tiene remordimientos, las otras... también...

–Así es.

Y ella:

–¿Y eso no os incomoda?

La congregación dijo:

–No.

Y ella:

–Pues yo aspiro a ser *alguien* entre tanta multitud.

El comentario de la monja recién llegada no tenía la menor importancia. Sin embargo, de algún modo, nos molestó. Y eso era suficiente. ¿Quién era ella para juzgar *nuestra multitud?* La congregación dijo:

–Monja recién llegada, es nuestra obligación prevenirte sobre las cosas duras y ásperas por las cuales tendrás que pasar en tu camino hacia Dios. Aquí no serás nadie.

Y ella, muy asombrada:

–Pues yo tenía entendido que cada monjita iba conformando su propia personalidad.

Y nosotras:

–Lo entendiste mal.

Quedamos en silencio, hundiéndonos las manos en los cabellos para deslizar el pelo entre las coyunturas, aguantando el malestar que empezaba a localizarse en algún lugar, como si nos hubiésemos tragado un hueso de ciruela y ahora raspase en torno a las vísceras. No quisimos continuar, pero ella se empeñaba en seguir hablando.

–Os he visto. Siempre juntas de un lado a otro, de la mano como niñas por el pasillo. ¿Qué sentido tiene ese continuo estar juntas?

Aquel día preferimos no aclarar nada. Estaba claro que ella no era una de las nuestras y la explicación no hubiera servido para hacerla cambiar. Tampoco la echamos a patadas como nos insinuó la abadesa días después. A pesar de su deseo de ser *alguien,* acabó siguiéndonos a todas partes, y nosotras no se lo impedimos en ningún momento. Simplemente la ignoramos. Hablarle hubiera supuesto hacerla parte del grupo, tener que adaptarnos a una nueva situación. Y cambiar la situación que habíamos consolidado durante muchos años era excesivamente penoso. Después de una semana, la monja pidió permiso para trasladarse a otro convento.

O, al menos, eso fue lo que le dijimos a la abadesa.

En todo caso, sea o no nuestro el dolor, hoy nos duelen las muelas *a todas.*

Parte de la congregación quiere creer que el dolor es la venganza enviada por Dios por espiar y por robar las dotes de las novicias. Pero, en realidad, el grueso de la congregación está convencido de que es consecuencia de la costumbre bestial de aflojar las tablas que condenan la ventana del sobrado.

Con el fin de olvidar (el malestar ya está dando lugar a algún que otro rifirrafe entre nosotras), nos sentamos sobre los catres con las piernas dobladas y en fila, una delante de la otra para practicar el ejercicio del amor.

Para ello, abrimos las tocas y soltamos nuestras cabelleras: nido de alacranes, noche de serpientes y alquitranes. Nos destejemos las trenzas apretadas y separamos el cabello en partes iguales. Con gran resignación, empezamos a arrancarnos mechones unas a otras, a propinarnos cepillados, a arañarnos las orejas y los ojos con las púas del cepillo, ¡arrecaray, so monja! Durante un rato, nos odiamos de una manera tan dulce y prolija que es exactamente como si nos estuviésemos amando. Cuando terminamos el ejercicio, guardamos los cepillos en los cajones. Acto seguido nos abrazamos y lloramos, justo el tiempo necesario para matar la memoria del odio.

En ese momento de amor intenso, hacemos un cálculo en voz alta: el noventa por ciento asegura seguir teniendo dolor de muelas; el diez por ciento, no. Dado el porcentaje, decidimos que merece la pena hacer de nuestro dolor algo positivo: la abadesa tendrá que llamar a Ángelo da Pena, el doctor del pueblo, y eso, nos decimos batiendo palmas y girando sobre nosotras mismas, es cosa buena, oh, sí. Estamos muy contentas con nuestro dolor de muelas pero antes de tomar cualquier determinación hay algo más urgente que hacer: contemplar la llegada de la caravana nupcial de la prometida del marqués desde la ventana.

Al llegar arriba pensamos lo siguiente: Hoy no se seguirá la disciplina de los turnos para mirar.

–Es lógico –dice sor Pureza, que se detiene para recobrar el aliento– que el diez por ciento sin dolor de muelas se coloque abajo para sostener a las de arriba.

Situada sobre la grupa de las otras, la Niña Tuerta nos cuenta lo que alcanza a ver: doña Hilda Sarmiento de Sotomayor, que así se llama la prometida de don Íñigo, viaja en su coche vestida de seda y blanqueada con polvos de albayalde. Ella, la mujer que viaja rodeada de criadas, no vislumbra todavía el palacio adonde irá a vivir, el cual es perfectamente visible desde nuestra ventana (o desde el ojo de la Tuerta). Tampoco puede ver al hombre que la espera junto a la verja de hierro y es probable que se pregunte cosas que nosotras ya sabemos: don Íñigo, marqués de Grandes, es un hombre hermoso y ganchudo, algo tonto, de natural manso y perezoso, con una figura de cigüeña adulta, y se mueve como las cigüeñas, estirando las patas y mirando mucho al suelo.

Oímos ruidos procedentes del claustro.

–¡Niñas! –chilla la abadesa Violante–. ¡Abrigaos mucho, que hace frío!

Consultamos la hora. Efectivamente, nos decimos cerrando la ventana, volviendo a clavar los clavos a toda velocidad y bajando la escalera: es la hora de nuestro paseo de *higiene moral*.

Al vernos llegar, la abadesa observa que todas nos sujetamos la mandíbula con la mano. Qué es lo que ocurre, pregunta al abrirnos la puerta, y, todas a la vez, ponemos un pie en la calle. Nos duelen las muelas, contestamos. Ella dice: Os viene bien. El dolor es fértil como la alegría.

El paseo de *higiene moral* consiste principalmente en salir al mundo durante una hora para distinguir entre el bien y el mal. Todos los días, arrastrando nuestro sayal más blanco y encabezadas por la abadesa, transitamos ligeras por la calle. En fila de a dos, recorremos el pueblo de cabo a rabo, y según va ella apuntando con el dedo, nuestras cabezas giran a un lado y a otro. Y aquella lavandera hincada de rodillas, nos dice (y al hablar saltan de su boca pedacitos de Jesús), aquella que canta junto a los mirtos y las celindas, ¿la veis?, es mala y depravada; sus manos frotan una espuma lúbrica, y en su rostro puede leerse que estuvo toda la noche fornicando. No entrará en las estancias del Señor. Pero no os asustéis, mis niñas (y la abadesa mira entonces hacia el interior de una iglesia y gira sobre sí misma llena de emoción), esa música..., esa música que sale del órgano es buena y nos eleva; la música sosiega, predispone el espíritu, nos sitúa en un paisaje de almendras y flores heladas, aplasta a la bestia que habita en nuestras entrañas. Doblamos la esquina, y el olor a pan recién hecho que sale de la tahona es un placer del que debemos huir: incita a la gula, y la gula de *ese pan y no del otro* nos convierte en monjas ligeras y pelanduscas. Atravesamos el mercado. Oh, pero apreciad el paño del vestido de esa mujer que compra pescado, grita entonces. Suave y delicado. Rojo. El solo roce contra los muslos la incitará a pecar. Irá al infierno y el infierno tiene piernas, no se para. ¡Alejémonos! Al llegar al puesto de las frutas y hortalizas, observa que una de nosotras palpa las naranjas, toca las ciruelas y los plátanos, acaricia las fresas y los nabos. No, dice palmeando la mano que toca. Del plátano, el nabo y la pera debéis huir. Ésas son *formas caprichosas* y Dios ha reservado para nuestras manos *una forma mucho más pura.* Y así, poco a poco, nuestro cerebro va quedando dividido en dos partes exactamente iguales. A un lado de la línea imaginaria está el blanco; a otro, el negro.

Y blanca es la música y los celindos, y las manzanas rojas y el pan que Dios nos tiene reservado. Negra la bestia, el infierno con piernas y los plátanos, el dolor de muelas y las mujeres pelanduscas.

¡Arrecaray!

A nosotras, lo que verdaderamente nos interesa hoy es la llegada de la caravana nupcial.

Al llegar al convento comprobamos con satisfacción que la prometida del marqués todavía no ha entrado en el palacio. Desde el otro lado de la verja, mirando al suelo y bostezando de indiferencia (una mariposa blanca revolotea entre sus cabellos), vemos cómo don Íñigo la aguarda en el patio principal.

Ajena a esas frivolidades, la abadesa se mete en su celda. Dos segundos después, subimos la escalera que conduce hasta el sobrado.

El coche se detiene en el patio principal. Pero cuando el marqués está a punto de abrir la puerta, una mano se posa en su hombro.

—¡Loco!

Le grita una mujer con voz barítona que ha salido de la comitiva. Y añade:

—¡Menuda idea la de abrir esa puerta!

Don Íñigo se vuelve hacia su madre, que se encoge de hombros. A pesar de que el coche lleva un buen rato detenido, doña Hilda sigue dentro con una capucha sobre la cabeza. Don Íñigo hace un nuevo intento. La mano, más pesada y fría que antes, vuelve a detenerle.

Queda quieto durante un rato, mirando al resto de reojo, dudando de cómo debe comportarse. Alrededor de él, como si doña Hilda fuera piedra o tronco, los criados comienzan a organizar el traslado: la cama ya hecha, un tocador, varios baúles, un mueble con cajones y otras cosas más son introducidas en el palacio. Las doncellas de cámara, muchísimas doncellas de aquí para allá, entran y se funden con las propias del palacio. Un par de horas después, seguimos observando desde nuestra ventana. Todo está ya dentro y algunos comienzan a cenar en la cocina.

Como en otras muchas ocasiones, don Íñigo queda hechizado, como si todo aquel trasiego de gentes y cosas no fuera con él.

Pero esto no es nada nuevo. Ya en vida de su padre, el ilustre Amadeo de Grandes Rivadavía, el niño Íñigo había dado muestras de una cierta idiocia.

En efecto, toda la fama de trabajadores pertinaces que habían cosechado sus antepasados levantando un próspero negocio de confección a partir de cuatro trapos mal rematados, estaba quedando ahora en agua de borrajas con la nula gestión de las finanzas llevada a cabo por don Íñigo.

Su abuelo, un hombre recio y porfiado, dotado de una gracia espontánea para las relaciones humanas, había llegado a la comarca sobre un asno gris y cojo, cargado de telas adamascadas que compraba por un patacón en los mercadillos extranjeros y que revendía por un precio muy superior. Poco a poco, guiado por un olfato natural para los negocios, logró montar la primera gran fábrica de confección. Después de unos años, los beneficios le permitieron invertir. Abrió almacenes por todo el país y compró un título, el marquesado de Grandes, y luego diez hectáreas de un terreno propiedad de la Iglesia (y por ello cercano a nuestro actual convento de monjas), lugar donde dio orden de construir el Palacio de Oca con sus edificios aledaños. El conjunto disponía de tierras de cultivo, bosques, agua, energía, teléfono, ríos para la actividad pecuniaria y enseguida se puso en marcha la venta de plantas, flores y productos artesanales.

De entre las piezas adyacentes al palacio había un hórreo. Estaba hecho de piedra labrada y tablones de madera con cerramientos de entrepaños, medía cincuenta metros y estaba sostenido por once pares de columnas: el más largo y espacioso de la comarca, para que quedara bien claro el poderío económico de los marqueses de Grandes. Además de maíz, que era lo habitual, allí se guardaba grano, carne, fruta, botes de mermelada y patatas con brotes malvas que quedaban preservados de la humedad. También se metían muebles, útiles de labranza, trajes de novia o herramientas. Cuentan las malas lenguas que, a pesar de la oscuridad, el frío y el olor, el hórreo fue para el abuelo un lugar de vida intensa: durante años, entre los ratones que conseguían entrar y las fragantes ristras de chorizos, mantuvo una relación amorosa con una moza de carnes suaves. Y allí dentro, cobijado por el calor abundante de aquella mujer, el abuelo huía de las agresiones del mundo exterior sumiéndose en el llanto.

Porque ésa era la verdadera clave de su éxito: el abuelo del marqués podía llorar cuando le venía en gana. Sin duda un precioso legado (mucho más valioso que la fortuna, oh, sí) que transmitió a su hijo y a su nieto de una manera natural, como quien transmite una nariz afilada o unas manos agigantadas. Así, después del revolcón con la moza, el abuelo hacía aspavientos de perro atragantado, soltaba el fuelle y se deshacía en lágrimas. El llanto brotaba de las tripas y subía a borbotones hasta la boca llenando con su sonido inmenso el vacío de su alma humana. Cuando terminaba de llorar, se limpiaba la cara con el dorso de la mano y metía la cabeza en la canal de los pechos de la moza para dejarse acariciar. Al rato, era un hombre nuevo: más lúcido y firme, con más confianza en sí mismo (alguna lágrima más gorda que otra se deslizaba hasta el ombligo de ella, y allí quedaba. Detenida).

Y mucho después, cuando esa mujer decidió acabar con los encuentros para no atrapar más catarros, él seguía metiéndose allí para llorar.

A hurtadillas, aguantando la congoja entre la solapa para no hacer ruido. Porque a un hombre no se le permite llorar.

Como decimos, el abuelo creó la riqueza, el padre la mantuvo a flote, y él, don Íñigo, se la estaba cargando.

El que el niño Íñigo fuera un inútil tenía, según la abuela, una explicación muy clara. A los pocos días de nacer, su madre, doña Brígida, más preocupada por reanudar su vida social puesta a un lado durante los meses del embarazo, se olvidó de atender debidamente a la criatura. Se olvidó de muchas cosas básicas como de acercarle al pecho, o susurrarle canciones en la cuna, o de enseñarle cómo se saca el néctar de las flores de la miel. Se olvidó de explicarle que la vida es lucha y esfuerzo, riesgo, absoluto peligro, duda. Se olvidó de hacerle comprender (quizá tampoco ella lo sabía) que la vida es un continuo *subir para luego bajar,* cumplir un absurdo encargo impuesto por uno mismo. Pero lo más lamentable de todo fue que el niño nunca tuvo puesta la bendita del ombligo.

Según la abuela, más allá del ombligo estaba el verdadero humus de la persona, el caldo de los impulsos básicos que había que preservar para que el individuo, corruptible de todas formas, no lo fuera desde la más tierna infancia. Así, rozando la frágil celosía del ombligo –abierta en los primeros días después del nacimiento– estaba, en estado bruto, la persona y sus manifestaciones: los sueños, el amor, la ira, los reflejos, los caprichos, las alegrías, los fracasos (¿tendremos nosotras un ombligo?). En el caso del niño Íñigo, a pesar de que la abuela le empujaba el ombliguito con la yema del dedo cada vez que pasaba por delante de la cuna, todo eso estuvo aireado demasiado tiempo. A la criatura le entró tanta inmundicia que quedó idiotizado.

Aun así, fue creciendo como un niño más o menos feliz, en un mundo brillante de tejidos y perfumes, tierra limpia y rododendros, perros amistosos y criadas ásperas, paisajes espesos y rostros sonrientes.

Cuando el padre del todavía niño (es decir, el hijo del llorón) se percató de que su vástago era inútil, quiso aleccionarle en la práctica de ciertas actividades que al menos podrían darle una pátina, un toque de distinción. Le buscó clases de cróquet, caza y música. Pero cuando el profesor explicaba al niño cómo se impulsaba la bola con el mazo, cómo se ponía el dedo en el gatillo de la escopeta, o cómo se colocaba el violín contra la mejilla, y en general, cuando al niño se le explicaba cualquier cosa, se ponía a soñar.

Le decían:

—Estás en las nubes, niño Íñigo.

Y él contestaba:

—No recuerdo nada de las nubes.

O, simplemente, se ponía verde: sus tripas se removían. Se iba hasta el rincón del estanque, se acuclillaba sobre sí mismo, las rodillas junto al mentón, las pantorrillas cruzadas, las manos sobre los pies, la cabeza de un lado a otro, y contenía un ruido como de deglución fangosa: era la rabia. La pura rabia rumiándole dentro. Porque resultó que don Íñigo no era idiota, oh, no (aunque tampoco es que fuera muy lúcido). Tampoco era un cretino. Ni un demente, como llegamos a oír una vez. Ni un loco depresivo como pensaba nuestra confidente la cocinera. Lo que de verdad padecía el marqués eran ataques de rabia intermitentes.

En efecto, su rabia era como un herpes que permanecía dormido en su interior y un buen día despertaba y le atacaba (más de una vez, el violín salió volando por la ventana, o el mazo de cróquet sirvió para machacar algún jarrón de porcelana del jardín, o en medio del jardín soltaba ráfagas al aire), y después volvía a adormecerse porque conseguía dominarlo.

La rabia afloraba de dos modos: o bien iba al establo con una vara y se liaba a pegar a las vacas (esto era lo menos malo), o bien lo pagaba con las criadas.

A las criadas las insultaba delante de todo el mundo o las sorprendía con un asalto amoroso en cualquier esquina. Sabemos de buena ley (la ley de la cocinera) que casi todas las mujeres que pasaron por allí habían sido víctimas: la doncella que limpiaba las telarañas de la lámpara, la que posaba la oreja en el tabique para fisgonear, la lavandera inclinada sobre la piedra a punto de frotar, la cocinera que revolvía en el arroz con leche mientras amamantaba a un hijo. Todas y cada una de ellas habían sido asaltadas en plena faena. Y cuando doña Brígida le pedía cuentas, él, don Íñigo, simplemente sacaba pecho. Decía con aires triunfales, desdoblando los dedos de las manos para mirarse las uñas impecables: *Donde canta gallo, no pían gallinas, así es que déjese de cacarear, madre.*

Y ella se alejaba cabizbaja.

Mujeres y también hombres, todos los criados, uno detrás de otro, acababan abandonando el palacio.

Salvo el lacayo Sebastián, que era de otra raza. Oh, sí, de una raza poderosa y superior. Porque ese hombrecillo sobrio y abnegado que ahora le acompañaba para recibir a la que se convertiría en su esposa había conseguido serle fiel desde su ingreso.

—Inténtelo ahora —susurra el lacayo.

Doña Hilda sigue bajo la capucha y metida en el coche, la puerta custodiada por la mujer. El marqués hace un nuevo intento de abrir. La mujer guardiana le hace un nuevo gesto de desprecio.

—¡No se empecine! —le grita, y añade—: ¿No ha visto el cielo?

Don Íñigo mira hacia arriba con ansiedad, ¿qué carajos tendrá que ver el cielo? Piensa durante un rato, consulta con Sebastián, que sabiamente le aconseja que hagan traer algún manjar de la cocina para sobornar a la guardiana. Minutos después, aparece una criada con un trozo de bizcocho y una copita de moscatel. El marqués se lo ofrece a la mujer.

—Si bien es cierto —dice ésta— que el buen comportamiento empieza por el respeto y la cortesía hacia el guarda, sepa que yo me comeré el bizcocho y me beberé el moscatel y usted seguirá sin permiso para abrir la puerta.

Ante esa reacción, don Íñigo comienza a dar patadas y empujar al lacayo, se lleva el bizcocho a la boca y lo mastica soltando migas, tú tienes la culpa, Sebastián, menuda idea la del bizcocho, lo engulle mientras pasea con los brazos pegados a la espalda (la mariposa revolotea a su alrededor, llega hasta el estanque, se posa en la gárgola de piedra). Por fin, cuando la noche cae, la mujer gruesa se aleja y le invita con un gesto amable a que abra la puerta. Don Íñigo titubea, por un momento parece asaltarle el pensamiento de que quizá su prometida ya no esté ahí dentro, que, en todo caso, él nunca quiso abrir la puerta de ese coche: sabe que haciéndolo cambiará su vida entera pues tendrá que renunciar a sus incursiones en las tabernas y sus paseos por el bosque, a sus visitas a nuestro convento. Se acerca y abre con decisión. En la oscuridad apenas mitigada por la luz de las antorchas, la mariposa se interpone, revolotea entre ellos, durante unos segundos suelta su polvo blanco. Doña Hilda se baja la capucha y deja el rostro al descubierto.

(–¿Alguna puede verle el rostro? –chilla una de nosotras.)

Pisa el suelo. El suelo cubierto de hojas pardas cruje. Se ajusta la falda, levanta la cabeza, y echa un vistazo tímido a su alrededor: le asusta un poco el rostro afilado del lacayo, queda más contenta cuando ve a su prometido, con el que entra en el palacio del brazo.

La encía quema y es difícil seguir haciendo del dolor algo positivo. Sellamos la ventana con los clavos y las trancas y bajamos la escalera imaginando (no hemos visto su rostro, y lo que sabemos de ella, nos llega a través de la Niña Tuerta) que la prometida del marqués debe de ser muy hermosa.

Al llegar abajo, oímos un tintineo metálico. Antes de entrar en el refectorio, espiamos por la rendija de la puerta semiabierta: la abadesa come sopa en camisón.

La vista fija en el plato, las greñas sueltas y desaliñadas, sumergidas en el líquido: la abadesa hunde la cuchara en la sopa.

Cuando vino la madre del marqués a merendar al convento dijo que no había que preocuparse, que su hijo contraería matrimonio en el plazo de una semana con una doncella (virgen, añadió llevándose la mano al pecho) de muy buena familia. La abadesa se mostró contenta por eso pero lo cierto es que ahora come sopa, y la abadesa sólo come sopa cuando necesita aliviar sus desgracias. A vuestra celda inmediatamente, nos dice al sentirnos llegar, sin levantar la cabeza del plato. No, decimos. ¿Cómo que no?, dice ella. Nos duelen las muelas, decimos, hay que hacer llamar al doctor Da Pena. A vuestra celda, gruñe entonces, y por debajo del camisón tiemblan sus pechos como peras. Entramos en la celda y nos lanzamos sobre los jergones. Estudiamos el salterio con los brazos extendidos en cruz, nos ponemos a dormir.

Al cabo de un rato, sor María de las Piedras se levanta. Viene y va por la pieza, limpia y ordena para olvidarse del dolor.

—¡Ángela María! —aúlla—. ¡Yo no aguanto más!

Nos incorporamos. Sin decir palabra, nos ceñimos la sayuela. Corremos de la mano por los pasillos, atravesamos las azotehuelas, las galerías con su espeso olor a sopa de convento. Subimos la escalera del desván: Pureza, la Negra Extraordinaria de carne y negro, Ambrosia, Gaudencia, la Niña Tuerta, María de las Piedras, y todas las demás. Descalzas.

En el sobrado hay muñecas de plástico, ollas y armazones de alambre de miriñaque y es el cielo, el sol, las estrellas, las nubes,

uf, el aire.

Al día siguiente, la abadesa hizo llamar al doctor del pueblo. Ángelo da Pena era un hombre alto y desgarbado, fuerte, con ojos abultados de sapo triste, tez blanca y andares con lastre. Aunque tenía que desempeñar su trabajo en condiciones excepcionales —no se le permitía quedarse a solas con las preladas, ni siquiera dirigirse a nosotras si no era por medio de la abadesa—, ponía esmero y paciencia en su trabajo. Respetaba las reglas conventuales sin cuestionarse nada y era culto y mañoso, con una psicología tenaz. Gozaba embromándonos, siempre a través de la abadesa, claro está, y a veces el verbo se le desataba y soltaba cosas de una brutalidad indescriptible, cosas que nos dejaban pensativas y hasta flojas, cosas como que no existe el Purgatorio o que en otras religiones las vírgenes se dedican a parir dioses. Hasta tal punto era aguda su psicología que siempre tuvimos la impresión de que sabía mucho más de nosotras de lo que el simple ojo clínico o la mera ciencia ponían a su alcance.

—Que abran la boca —le dijo a la abadesa.

—Abrid la boca —nos ordenó la abadesa.

Tumbadas sobre los catres dispuestos en línea recta, los brazos pegados al cuerpo, las veintitantas de una vez abrimos la boca.

–Y dice –dijo mirándonos, inclinándose un poco pero sin saber por dónde empezar entre tanta boca– que todas tienen el mismo dolor de muelas.

–El mismo.

–Sin duda, un dolor que afecta a todas por igual. Un dolor... –en su mente confusa buscaba la palabra más adecuada– *unísono*.

–Unísono.

Ángelo da Pena abrió el maletín, sacó el instrumental y se adentró en una de las bocas abiertas. Despuntaban allí dientes de leche, agujeros como abismos, colinas separadas por valles y muelas plateadas junto a grutas insondables, y durante un rato hurgó a conciencia, a un lado y a otro y metido en esa boca casi hasta el cuello, mientras las otras mirábamos de reojo.

Al cabo de un rato, sacó la cabeza.

–No es un dolor de muelas sino de oídos –dijo. Volvió a meter el instrumental en el maletín y nos dio permiso para cerrar la boca–. Pregúnteles si han estado escuchando conversaciones indebidas.

La abadesa le miró con recelo.

–¿Y qué tiene eso que ver con un dolor de muelas? –preguntó.

–Mucho. Pregúnteles.

–¿Escuchasteis conversaciones indebidas? –preguntó la abadesa.

–De ninguna manera –contestamos nosotras con cierto sonrojo.

El doctor cerró el maletín.

–Mienten –dijo–. Y yo poco más tengo que decir. La mentira no está al alcance de mi ciencia –miró a la abadesa con los ojos abultados, fríos y fijos en un punto fijo del hábito–, la cura de la mentira entra en su jurisdicción y no en la mía. Porque..., para que lo entienda, abadesa Violante, entre el oído y la boca, hay mucha comunicación. ¿No ha oído usted hablar de los dolores reflejos?

—Por su puesto que he oído hablar de ellos —dijo la abadesa con cierto enojo.

El doctor se dirigió a la puerta con andares de oca.

—Pues procure usted que sus monjitas no oigan más de lo debido —dijo.

Y salió. Se alejó por el claustro algo torpe y despacioso.

Fatal, infatigable, pero también torpe, despacioso. El resentimiento crece regular como el tiquitac-tuc de la lluvia sobre la cúpula de pizarra del convento. El resentimiento es una sopa espesa que se posa en los labios, pasa por la boca y el esófago, se ancla en el estómago.

Ha pasado un mes desde que llegó doña Hilda Sarmiento de Sotomayor (a la abadesa Violante le quedan exactamente seis meses y siete días para morir) y don Íñigo no ha vuelto a pisar la celda de la novicia felina. Cae la noche y en el refectorio la madre se encorva una vez más sobre su plato. Ella, la que fue prieta y hermosa, la que pudo haberse casado y tener hijos (ahora tiene negras las entrañas, como las de una manzana pocha y abierta en tajo, con sus semillas, dos, cuatro, amargas y estériles y a punto de no nacer, semillas ávidas de carne que se funden con ella para siempre), la que escribía poesía amorosa y componía sonatas (sonatas de clavecín, se dice mientras hace círculos en la superficie de la sopa con la cuchara), es ahora sombra de sí misma, como el farfulleo de un borracho es burla de la palabra.

La sombra come sopa y bebe vino en el refectorio.

La sombra se emborracha de juventud y olvido, pero cada vez que se inclina sobre el plato, en el agua tiembla un rostro viejo y demacrado: El resentimiento, murmura al separar la crema de la superficie muy caliente (y empina la botella para otro nuevo trago), es como el mismísimo infierno, el infierno de verse reflejado en el otro.

Estamos en el sobrado, sentadas frente a un rayo de luz que hace bailar una densa polvareda, apretujadas como un rebaño de ovejas y de puntillas sobre el frío metal de las ollas abolladas para ver si atisbamos algo desde nuestra ventana. La lluvia hace tiquitac-tuc, entra de soslayo y salpica las muñecas sin cabeza esparcidas por el suelo, oh. Pero no nos duele que las muñecas sin cabeza se mojen sus piernas de plástico rosa. Lo que de verdad nos quiebra el corazón es que dentro de un rato, justo cuando la abadesa termine su sopa (ahora la oímos pronunciando ante las sillas de madera larguísimos discursos ininteligibles), tendremos que interrumpir nuestra tarea de mirar por la ventana para prepararle el baño.

Más allá del palacio con su torre medieval, su paseo de tilos y camelias, su establo, su estanque, su hórreo, su lavadero y su iglesia-capilla, más allá de las cigüeñas y la fraga, divisamos el Bó, un río limpio y hermoso cuyo cauce englute vacas muertas y lavadoras desvencijadas. Pero no es el río lo que nos interesa, oh, no es el lago, ni las camelias, ni el lavadero, ni el estanque, ni las vacas, ni el tiquitac-tuc de la abadesa resentida, ni la lechera transportando leche en el zinc de sus alcuzas, ni el Bien y el Mal, ni Dios y su maldito Purgatorio. Hoy, don Íñigo y su prometida han contraído matrimonio en la capilla del palacio y llevamos varias horas esperando a que asciendan por la escalera de la torre en dirección al lecho conyugal.

Lo cierto es que, tras su llegada al Palacio de Oca, no vimos mucho a la prometida de don Íñigo. Desde el principio, la mujer guardiana la acompañaba a todas partes. La cocinera nos explicó que es su nodriza y que siempre está con ella para protegerla de la claridad ya que, desde muy niña, la joven tiene fobia a la luz (si sale sin el capuchón, le brotan pústulas y bubas por el rostro, nos precisó) y no puede descubrirse más que en la oscuridad. Cohibido por la presencia de la nodriza y por el régimen estricto de las salidas, al principio don Íñigo mostró poco interés. Simplemente veía a su prometida como un ser enfermizo y frágil con el que nunca llegaría a mucho más que intercambiar unas cuantas palabras. Pero una noche, cuando volvía de pasear con su caballo, la encontró en el jardín vestida con un organdí transparente, arrancando con violencia los rododendros que crecen junto al hórreo y metiéndoselos en la boca como si fueran hojas de lechuga. Al verla sin su capuchón, los cabellos como crines de potra, los pechos y los glúteos sueltos bajo la gasa, y entre las crines un hombro, y en el hombro un lunar del tamaño de la yema de un dedo, sintió una oleada de fuego subirle desde los dedos del pie hasta las mejillas. Con el corazón desbocado, se acercó a decirle unas palabras. De entre el follaje surgió entonces la enorme nodriza, húmeda y difusa como el follaje, que agarró a la chiquilla por un brazo y la metió en casa.

Desde ese momento –nos contó la cocinera–, el marqués sintió cómo una añoranza extraña se instalaba en su corazón. Era un sentimiento poderoso, una suerte de anhelo atávico por una mujer que nunca había poseído y a la que sólo había visto el rostro en la oscuridad pero que, a su vez, sentía suya desde hacía mucho tiempo.

De un día para otro, le cambió el modo de ser.

Dejó de solazarse y ya no volvió a nuestro convento, se hizo mucho más afable y familiar, incluso mejoró el trato con su madre y los criados. Desde nuestra ventana le veíamos contemplar la puesta del sol con cara de bobo. Se sentaba en la parte más meridional del estanque y se quedaba arrobado. Desde la gárgola de la isleta emitía silbidos de pajarillo enamorado mientras que lanzaba ramitas al agua sin comprender por qué su prometida no se separaba nunca de aquella gorda y no se dignaba saludarle cuando pasaba por delante.

Hasta que, un día, comprendió que a quien de verdad tenía que conquistar era a la nodriza.

El lacayo Sebastián fue el encargado de hacerlo. Después de terminar con sus pelotas de papel

(se metía entre los arbustos con su enorme manojo de llaves colgándole de la cintura, extendía las hojas de su periódico, las pasaba de una en una, las ponía sobre la palma de la mano, las arrugaba y era feliz, el hombre más feliz del mundo sin barruntar el pobre que la felicidad es una mera ilusión y que muy pronto la desgracia vendría a ensañarse con él),

al ver pasar desde su hueco a las dos mujeres, salía para conducir a la nodriza hacía la zona más próxima a nuestro convento y mostrarle la naturaleza húmeda y salvaje del jardín. Le hablaba entonces de los membrillos que mayormente, le decía (y le oíamos muy bien porque el viento acercaba las dulcísimas palabras), son nalgas, hermosas nalgas de mujer con pelusa, o de esos nenúfares que, cocidos con azúcar y con otras flores silvestres, son buenos para el hígado, aunque a usted –y dejaba de hablar durante un rato para escrutarla con detenimiento– no le hace falta porque tiene el hígado y todo lo demás bien puestecito, y la nodriza, escandalosamente agasajada, reprimía la risa posando una palma en el bajo vientre, uy, uy, Sebastián, no me mire tan intensamente que me hace reír y el reír es de maliciosos. Mientras tanto, don Íñigo empleaba inútilmente sus mejores tretas para conquistar a la que en realidad era ya su prometida.

Porque doña Hilda resultó ser mucho más dura de ronzar que la guardiana. Si bien es cierto que por el día el marqués y ella se intercambiaban sonrisas trémulas por los pasillos de la casa, por la noche la muchacha era un témpano impenetrable que sólo se mostraba sin el capuchón –aunque, por ser de noche, nadie llegó a verle nunca la cara– cuando masticaba flores junto al hórreo. Y, a pesar de la experiencia en los asuntos del amor, don Íñigo se encontró con que la chiquilla no seguía ninguna de las reglas establecidas. Para llamar su atención, empezó a hacer las cosas más descabelladas. Desde la ventana de su alcoba, por ejemplo, le veíamos descolgarse como hiedra trepadora con un trabón de sábanas para entrar en el dormitorio de su prometida y dejarle misivas amorosas en los zapatitos de charol, en su aguamanil, sobre el paño de ganchillo blanco de la cómoda, en la bandeja del desayuno para que ella respondiese mientras tomaba el café con las tostadas. Pero la respuesta, manchada con deditos de mermelada, era siempre la misma: *Le contesto que no tengo nada que contestarle.* Comenzó entonces a espiarla. La espiaba por la rendija de la puerta del oratorio mientras rezaba de rodillas, o pegaba el ojo y el oído a la cerradura de su alcoba para ver si la oía cuchichear con las criadas. Todo fue en vano. Nunca consiguió verle el rostro y, bajo la oscuridad de su capuchón, doña Hilda se limitaba a dar escuetas instrucciones a las criadas para que la ayudaran a vestirse o para que dejaran la bandeja sobre la mesa y salieran inmediatamente. Realmente, nos dijo un día la cocinera, la chiquilla parece estar más muerta que viva.

Pero ese tierno y flemático *estar muerta* era lo que más le gustaba a don Íñigo. Tanto le gustaba que comenzó a no vivir nada más que para que llegara la noche y esperar en el frío de la noche, torcido como un leño torcido, a que ella bajara la escalera y saliera al jardín para dejar suelto su tirante y su lunar al descubierto, un poco más allá del estanque, junto a las patas del hórreo donde crecen los rododendros. Un día, se le ocurrió que Sebastián, por entonces íntimo amigo de la nodriza, sabría aconsejarle qué hacer para conquistarla.

El lacayo hacía pelotas de papel entre los setos. Al oír la pregunta detuvo el trajinar y quedó un rato pensativo.

–Regálele mariposas blancas –contestó.

Se lo dijo con tanto convencimiento que don Íñigo no vio oportuno preguntarle cómo ni por qué. Durante varios días le oíamos levantarse al amanecer. Embutido en sus calzas de licra, salía con la red y se adentraba en la zona más umbría del jardín. Agazapado entre los helechos, atrapaba al vuelo las mariposas del alba, que son espesas como la miel. Las cogía con la red, las sacaba con sus deditos frágiles y las metía en una jaula con mucho cuidado para que no perdieran el polvo ni se quebraran las alas. Durante tres meses, al atardecer, una criada se encargaba de entregarle a doña Hilda una hermosa mariposa de élitros nervados, no sin antes retirarle la que encontraba muerta en la jaula.

Una tarde, tres días antes de la fecha fijada por la madre del marqués para la boda y cuando éste empezaba a dudar de si el juego de las mariposas serviría de algo, recibió una misiva de su prometida. Venía dentro de una jaula cubierta con un trapo negro, junto a la mariposa muerta y sin un ala. Decía: *Por el amor de Dios, no me traiga más.*

El trapo negro sobre la jaula y la entrega de esa mariposa desmembrada le dejaron a don Íñigo el pálpito extraño de que acababa de rozar algo muy íntimo y amargo. Esa noche, mientras ella masticaba rododendros en el jardín, el marqués se acercó por detrás. Soltó lo primero que se le ocurrió:

–¿Por qué carajos le cortó el ala?

Ella dejó de masticar y se colocó el pelo. Se subió un poco el tirante y se volvió.

–Su hermosura era demasiado frágil –le dijo.

En cosa de segundos, a don Íñigo le salió, como un vómito, todo lo que no había dicho en meses. Explicó atropelladamente que si se había decidido a hablar con ella era porque ya estaban prometidos, eso, porque nos prometieron nuestros

71

padres y apenas sé de usted más que es una muchacha hermosa que come flores y arranca alas, que huye de la luz y del sol como si fuera una raíz. Porque desde que llegó usted a este palacio yo no hago más que descender por las paredes con sábanas, pegar la oreja a la pared, cazar mariposas y suspirar como una mujer. Clavó la mirada en el hombro de la muchacha. Añadió:

—Y porque ese lunar que tiene usted en el hombro necesita de mi mirada para ser lunar.

Se quedó callado. De pronto, la agarró por la muñeca con violencia, y aún se atrevió a decir:

—Apártate las crines, Hilda Sarmiento.

Doña Hilda obedeció mansamente. Sin mover ni un solo músculo de la cara, se apartó las crines y las lanzó por detrás del hombro como si fueran lianas. Luego, acercándose un poco más, lo tumbó de un manotazo y se abalanzó sobre él. Durante varios minutos rodaron sobre el suelo mordiendo el aire y masticando los restos de las flores, forcejeando y rugiendo hasta quedar reducidos a un nudo de carne. En una de las vueltas, sus miradas se encontraron: en la de ella, que ardía como un fuego verde y feroz, a don Íñigo le pareció ver una mariposa que revoloteaba en torno a una luz, en círculos cada vez más cerrados, apenas veo tu rostro, le susurró, pero sé que eres hermosa, qué hermosa eres, carajo, pues galopa, repuso ella, deja de mirar como un bobo y galópame el hombro y toda entera de una vez,

¡pacato!

Son las ocho en punto en el convento y bajamos a preparar el baño de la abadesa. Al subirnos a la silla para descolgar las grandes bragas rosas, nos crujen las rodillas como varitas tronchadas. Limpiamos el fondo de la tina de latón. Sacamos las ramas y hojas que a menudo entran por la ventana. Nos inclinamos para frotar.

–Tú, monja, ¿al posar la mano sobre la pierna, la sientes?

–Pues... mira tú..., la pierna... no.

–¿Sientes la mano sobre la pierna, y que ésta es dura y sólida, y la pierna bajo la mano?

–No, monja, no. No siento eso que dices.

–Mala cosa.

–Mala cosa.

Una monja deja de frotar. Dice:

–Muy mala cosa porque un día sentirás la mano sobre la pierna, y que ésta está dura y sólida, y ahí empezará todo.

–Sí –dice la otra meneando la cabeza a un lado y a otro–. Un día. Y ahí empezará todo.

Cuando la tina está limpia, buscamos a la superiora en el refectorio. Al oírnos llegar, levanta la cabeza y nos mira con tristeza. Señala al plato de sopa con un dedo tembloroso y retorcido. Se embrolla en complicados argumentos. Dice meneando la cabeza: Pero no os creáis que la que flota en esta agua soy yo, oh, no.

Una de nosotras corre al patio con un lebrillo de plata. Junto a la verja de palacio está la lechera con los labios embadurnados de rojo y la falda de género amarillo, atando su bicicleta. Grita: ¿Qué vas a hacer con esa agua, monja de mala condición? La monja contesta: Ahogar a la abadesa. Y la lechera, soltando las alcuzas del golpe para llevarse las manos a la boca: Oh, Dios Santo. Mientras tanto, las otras arrastramos a la superiora sujetándola por las corvas (ella empuña la cuchara que no hay quien le haga soltar) y la transportamos hasta su celda. No está nada bien nuestra madrecita. Vertemos el agua en la tina, comprobamos su temperatura, echamos las esencias aromáticas. Desde que le ha dado por beber, no está nada bien. Le recogemos el cabello en un moño, la desvestimos con cuidado, le quitamos el escapulario, el cordón de cáñamo, la toca, le ponemos las grandes bragas rosas y se deja hacer mientras balbucea frases incoherentes. Cuando se ve desnuda, dice:

—Yo, mis niñas, quisiera tener pluma, pelaje, escama. —Y añade, blandiendo la cuchara—: Pero sólo tengo hueso.

El agua está helada, y aunque el cuerpo se torna rojizo, parece no importarle. La frotamos con la esponja. Que esté tranquila aquí. Que no piense en nada. Le cantamos dulces canciones. Abre los ojos y se recorre de abajo arriba: primero los pies, luego los muslos y el abdomen (el fino relieve de lagarto del abdomen) hasta llegar a los pechos fláccidos.

Dice:

—Yo, mis niñas, la que flota en la tina, tampoco soy yo. —Y de pronto clava los codos en el fondo para incorporarse, tuerce la cabeza hacia nosotras. Pregunta muy extrañada—: *¿Quién soy yo?*

Le echamos un poquito más de agua helada. Se estremece. Vuelve a chapotear como una niña.

—Es usted una congregación —contestamos todas de una vez, y añadimos—: Una congregación de monjitas.

Se incorpora un poco, nos recorre de una a una.

—¿Yo soy una congregación?

Asentimos con la cabeza.

—Lo sabía —dice ella con satisfacción perruna.

Le volvemos a pasar la esponja por el cuerpo. No está nada bien nuestra madrecita, y le cantamos con ternura.

Entorna los ojos y hunde la cuchara en el agua de la tina. La carne de sus muslos tirita y es roja (roja como la de Satán en sus horas bajas, se dice, y suelta una risita de rata), parece querer abandonar el hueso. Durante un rato cree estar haciendo sopa, revuelve y canta entre dientes hasta ir entornando los ojos. Antes de quedar dormida, eleva la cuchara: Y en cuanto a Dios.., dice, ¿quién es Dios? Para comprobar que no finge, sor Pureza le arroja un cubo de agua sobre la cara. Al ver que no reacciona, nos precipitamos hacia la puerta. De pronto se incorpora, ¡niñas!, chilla, ¡adónde vais!, pero inmediatamente se agota. Por fin cae. No está nada bien nuestra madrecita.

—¡Dios es la puta madre! —grita.

Se desploma en el agua como una bestia y la tina se vacía. Que duerma. Que descanse.

Aprovechando la coyuntura, derrapamos hasta el patio chico. Sin pensarlo dos veces, unas cuantas trepamos a la grupa de las otras y hacemos una torre humana. Arrancamos las rosas del muro: los dedos sangran.

Bajamos. De repente, cuando estamos a punto de oler, surge la duda.

—¿Y si fuera *malo* oler las rosas del patio chico? —dice sor Ambrosia, y añade—: ¿No dijo una vez la abadesa que todo lo que proporciona placer es pecado?

Sor Gaudencia queda pensativa.

—No seas ignorante —dice—. El pecado es *creación* de la abadesa.

Hay un revuelo general. Nos desplazamos a un lado y a otro. Finalmente, formamos dos grupos liderados por sus respectivas religiosas: sor Gaudencia, que es monja de mucho estudio, y sor Ambrosia, que es monja temerosa de Dios. Los dos grupos discuten acerca de la conveniencia de tener opiniones dispares (lo de menos son las rosas y el pecado), de si interesa o no perturbar el espíritu de comunidad. Finalmente concluimos que el pecado es *creación* de la abadesa y que si queremos sobrevivir, al menos debemos seguir unidas en nuestras opiniones.

—Porque la multitud es positiva.

—¡Muy positiva!

Una monja señala las rosas. Esas rosas, ésas:

—Rosas.

Las olemos. Las rosas son plantas peligrosas en todo momento, y en ese sentido son como un marido envidioso, los números de trapecio o un pastel con mucha crema. Pero su fragancia nos llena de vida. Subimos las escaleras. Volvemos al sobrado para mirar por nuestra ventana.

El trabón de sábanas, las flores masticadas junto al hórreo, las alas rotas de mariposa, el deseo, el relieve del lunar y la calentura, la dolorosa tensión quedaron durante una buena temporada como una gota de ardiente veneno en las entrañas del marqués. Aun así, tras el revolcón en el jardín, vino un tiempo de calma chicha. Porque, por aquel entonces, doña Brígida, temerosa de que su hijo volviera a las andadas, no sólo propició entre los prometidos un acercamiento comedido sino que también consintió en que su futura nuera asumiera las funciones maternales que ella nunca había sabido ni querido desempeñar. Lo que de ninguna manera podía aceptar es que esta nueva relación tuviera que ver con el amor a salta de muro que el marqués solía practicar con las novicias.

En efecto, auspiciada por la madre de su prometido, doña Hilda empezó a manejar su nueva escoba en el palacio. Por la mañana, cuando él hacía sus abluciones en la sala de baño extendiéndose la espuma (desde nuestro convento, mientras recogíamos los huevos de las gallinas, le oíamos cantar alegremente, y ésa era la señal de que debíamos volver a dejar los huevos sobre la paja y correr, subir como locas condenadas, cinco, seis o siete monjas, vamos subiendo todas juntas para agolparnos junto a la ventana), ella le espiaba bajo su capuchón. Y cuando ya casi había terminado, llegaba por detrás trotando como una cabritilla, le tapaba los ojos con las manos, adivina quién soy, le decía, y le arrancaba la cuchilla de la mano. Cuando terminaba de afeitarle, le quitaba los calcetines y le metía los pies en un barreño de agua tibia. Entonces le frotaba los sabañones y las durezas con la piedra pómez, llenándole los oídos de azúcar con palabras de madre, repasándole los dedos del pie, éste fue a la plaza, éste compró un pollo, éste lo desplumó, y él se dejaba hacer: despatarrado, con los ojos en blanco, hechizado por una mujer cuyo rostro desconocía. También le quitaba el pijama, le escogía la ropa y le vestía. Le rascaba la espalda, largo y despacio, sin uñas, y le daba de comer la sopa como a un viejito chocho. Y le paseaba del brazo por el jardín. Y le hacía la merienda: merengues horneados con un vasito de leche caliente. Todos los atardeceres, ella adelantaba el reloj una hora, uy que tarde es, por Dios, lo desnudaba, le ponía el pijama y la bata (¿pero ya es hora de ir a la cama?), lo sentaba en el sillón con una manta (sí, claro, y se desternillaba de la risa al ver que él no se daba cuenta de que todavía había sol), le traía en una bandeja una cena muy frugal, lo llevaba a la cama y le daba un beso en la frente.

Pero la escoba de la marquesa no se limitó a barrer por los ámbitos del palacio. Consciente de que el convento y sus monjitas constituían un peligro para su esposo, quiso saber quién era el último responsable. Doña Brígida le explicó que la máxima autoridad en la comarca, el vicario fray Mónico de Pliéyade, era, aunque un tipo raro, amigo de la familia, y que no tendría ningún inconveniente en acordar una cita.

Y, una tarde, doña Hilda Sarmiento Sotomayor salió acompañada de su nodriza, vestida con encajes y lazos –el capuchón escondiéndole el rostro–, para ir a ver al vicario provincial.

La Negra. Muchacha interminable de carne y negro. La luz de sus dientes nos impide dormir.

A una monja se le desabotona el hábito y no lo cierra mayormente porque no le da la gana. Estamos en el sobrado, pensando en algo que habíamos olvidado y miramos hacia fuera. Nos dejamos resbalar como el agua, *olvidaos*. Doña Hilda y don Íñigo están sentados sobre el lecho conyugal, a oscuras, y la lluvia hace tiquitac-tuc. Tiquitac-tuc contra la ropa siempre mojada en el tendedero. Tiquitac-tuc contra los nenúfares como terneros blancos del estanque, contra las plumas de las cigüeñas, contra los tilos. Tiquitac-tuc contra la piedra de las barandas que es amarilla y vieja como la piel de la abadesa y bahhhteeee, *olvidaos*. Tiquitac-tuc contra los prados que no absorben, contra los corazones de las gentes que no chupan ni una gota más.

Tiquitac-tuc contra la ventana abierta que alguien se ha olvidado de cerrar: queremos apartar la vista pero los ojos no obedecen.

Por el momento, el marqués no volvió a asaltar a doña Hilda del modo en que lo hizo junto al hórreo.

En efecto, eso era algo que supo reservarse para su noche de bodas.

Tiquitac-tuc. Estamos muchísimas, unas encima de las otras, sin apenas mover un brazo o una pierna, porque el brazo o la pierna choca con los cuerpos de las demás haciendo ruido, remontándonos como perras recién paridas para ver quién ve mejor por la ventana, ejecutando los movimiento en común, y hasta respiramos al ritmo de las otras. Abajo, en el jardín, todavía están sin recoger los restos del banquete conyugal. Vemos los bancos, las mesas, las fuentes y los muros engalanados con guirnaldas, los púrpuras de los blasones y las cornisas. Vemos las mesas con los cubiertos de plata y los platos de porcelana, las bandejas con restos de deliciosos manjares. Hay pavo trufado, pimientos rojos, aceitunas, hojaldres rellenos de bechamel, vinos de las mejores calidades y merengues. Olemos la fragancia de los rododendros y las azaleas pisoteadas por los invitados junto a los bancos de la glorieta. Alzamos la vista. Arriba, en la habitación del marqués, la luz está apagada pero reconocemos los muebles de cachemira y las sillitas de tafilete escarlata. Al fondo, sentada sobre la cama, está doña Hilda, que todavía tiene puesto su vestido de novia.

Oímos cómo dice: Se acabaron las sopitas y los besos en la frente.

Vemos una mano. Es la mano del marqués que se eleva y acaricia la barbilla de la que es ya su esposa. La lluvia entra, a veces les empapa: ella todavía tiene puesta la corona de flores de papel. La mano sube y revuelve el cabello (y queremos apartar los ojos pero los ojos no obedecen), toca la nuca, los párpados, los labios: los dedos hurgan en los oídos. Baja, y nosotras nos removemos de la excitación porque huele igual que el flujo que dejan los conejos. De pronto, baja. Bruscamente y guiada por la otra, por la mano de la mujer. Baja por el pecho empolvado y tembloroso, hurga entre el encaje y los repliegues de la carne, desabrocha el sostén, penetra en lo más hondo. De pronto, inexplicablemente, se detiene.

Don Íñigo se echa atrás y resolla durante unos segundos. Nosotras tragamos saliva.

–¡No puedo! –chilla, y las arañas de cristal del pasillo tintinean.

(–¡Monjas! –oímos entonces. Es la voz cavernosa de la abadesa que ha despertado. Ahora nos llama desde la celda prioral.)

Doña Hilda se encaja los pechos, se recompone el peinado. Corre hacia el aparador. Se pone la capucha. Enciende la luz.

–¿Qué ocurre? –pregunta.

El marqués de Grandes se levanta, da unas zancadas y camina hasta la ventana abierta. De pronto fija los ojos en nuestro escondite y queda quieto, ¡nos ha visto!, susurramos, y nos agazapamos, caemos hacia atrás, una sobre otra como fichas de un dominó. Pero al cabo de un rato comprobamos que no nos mira a nosotras, sino a la lluvia fina, y juguetea con las gotas del cristal. Nos incorporamos, volvemos a trepar. Ante nosotros siguen don Íñigo y su esposa.

–Tú... –dice el marqués sin atreverse a darse la vuelta–, tú... –y le sale un gallito–, yo no sé si tú...

La otra espera impaciente. Su pecho sube y baja.

–Tú...

(–¡Vosotras! –vuelve a oírse desde la celda prioral.)

–Tú..., es que..., no sé si tú eres doncella –dice por fin el marqués.

Doña Hilda se pone en pie.

–¡Quieres decir... virgen! –exclama con indignación, y añade–: ¿Y tú me lo preguntas?

(–¡Monjas! –volvemos a oír, la voz de la abadesa retiembla por el convento–. ¡Venid aquí inmediatamente, endemoniadas!)

Comentamos entre nosotras. Pensamos que es mejor acudir junto a la superiora antes de que ella misma suba y nos descubra. Descendemos la escalera, lentamente para seguir oyendo. La lluvia ha parado un poco y la voz del marqués nos llega más nítida que nunca. Ya no tartamudea ni le salen gallitos sino que le explica a su esposa bien clarito que no es que tenga ninguna razón para dudar pero no puede dormir con ella si no es doncella, por muy casados que ya estén, es cuestión de principios, y que deberá ir al convento (¡a nuestro convento!) a jurar su virginidad.

Todavía en la escalera, comenzamos a discutir. El grueso del grupo piensa que el marqués no tiene derecho a exigir la virginidad de su esposa; sor Gaudencia opina discretamente que doña Hilda no es lo que aparenta.

Al llegar a la celda prioral vemos que la tina está vacía. Nos volvemos. Frente a nosotras se alza la abadesa en camisón, el pelo revuelto, el gesto alborotado. Se detiene en el alféizar. Sabemos que en ese momento no es la viejita que se deja hacer en la bañera sino que ahora está a punto de gritar. Grita:

–¡Niñas!

–¡Madre!

La cabeza baja, las manos entrelazadas, avanzamos hasta la puerta.

–¡Hincaos!

Aterrorizadas, caemos de hinojos, murmurando una jaculatoria. Cuando terminamos, alzamos los ojos con timidez y le decimos que sólo teníamos ganas de oler y que, al pasar por el patio chico, cogimos unas cuantas rosas de... Ése fue nuestro pecado, madrecita, oler dos o tres rosas del patio chico...

Ella tuerce la cabeza y mira a la Negra Extraordinaria,

abre la mano y la agarra del flequillo. Entonces, de pronto, comprendemos. No nos ha llamado por las rosas, oh, no. La abadesa ha salido del baño, ha ido a coger una túnica limpia a la ropería y ha descubierto el robo de las dotes: ¡eso sí que es un pecado! Sor Ambrosia se pone a llorar. Con un giro rápido de muñeca, la superiora le alza el rostro a la Negra. Las miradas se funden. La una es oscura como el azabache; la otra es vidriosa y azul, jabonosa.

La Negra dice: No volveré a robar, no me castigue.

La madre: ¿A robar? ¿Qué es lo que has robado?

La abadesa Violante tampoco conoce el hurto de las dotes y nos vemos obligadas a confesarlo. Pero el hurto no parece importarle y quedamos realmente confusas, ¿por qué está molesta?

−¿No os dolían las muelas? −pregunta furiosa.

Nos llevamos las manos a las mejillas.

−Así es −decimos con cierto asombro−, pero de eso ya hace tiempo.

−¿Tiempo? −dice ella confusa−. ¿Cuánto tiempo?

−Semanas. Tal vez meses. ¿No se acuerda de que vino el doctor?

Queda pensativa.

−¿El doctor Da Pena?

−El mismo.

−Me da igual −dice entonces−, Dios volverá a enviaros el mismo dolor.

Todas juntas, al tiempo que ella sigue sosteniendo la cabellera de la Negra, le explicamos que Dios no puede hacer eso porque aunque ese dolor fue *nuestro* hace unos días y nos acordamos de él *ahora,* no es naturalmente nuestro *actual* dolor de muelas y que naturalmente podemos recordarlo pero los dolores no se convierten en nuestros tan sólo con recordarlos y, de ninguna manera, madrecita, puede pretender imputárnoslo ahora y que en todo caso sería otro porque... De pronto, el gesto de la superiora cambia, se torna grotesco.

–¡Pelanduscas! –grita–. ¡Callad!

–Naturalmente –le decimos nosotras.

La superiora vuelve a dar un tirón fuerte de la cabellera de la Negra y ésta chilla como un cerdo degollado. Luego abre la mano y se levanta bruscamente. Dice:

–¿Dolor? –Y añade en tono de burla–: ¿Me estáis hablando del *dolor?* ¿Pretendéis hablarme de un dolor que viene y va como un pajarillo que se acerca a vuestra ventana? ¿De un dolor que uno ahuyenta dando una simple palmada? ¡Qué fácil es ser feliz cuando uno tiene un corazón superficial! No habéis aprendido nada en todo este tiempo... Un dolor no es algo que viene y va, no es golondrina que huya con el invierno y vuelva con la primavera, oh, no, mis niñas.

Comienza a caminar. Se aleja trastabillando:

–Ese dolor de muelas es *vuestro.* Era *vuestro* y sigue siendo *vuestro* ahora y siempre, no os desharéis de él,

sosteniéndose los riñones y arrastrando las volandas de su resentimiento por el suelo polvoriento del claustro. A la altura del refectorio (la lluvia hace tiquitac-tuc sobre la cúpula de pizarra), añade:

–Porque el verdadero *dolor* hace nido en las entrañas.

El sol se mete como una yema por detrás del río y el grueso del grupo sigue pensando que don Íñigo no tiene derecho a exigir la virginidad de su prometida. Primero, porque él es el primero que es un putero asaltaconventos. Segundo, porque ninguna mujer tiene por qué ser sometida a esa prueba degradante. Aunque, bien mirado, nos decimos (y nos sonreímos con malicia), que venga aquí y ya veremos.

Después de los maitines, salimos de una en una y en fila hasta el patio chico comentando entre nosotras. Encorvada, la vista fija en el suelo, sor María es la única que se separa del grupo: busca piedras. Haga frío o calor, nieve o llueva, sor María busca piedras en el patio. Murmura: Tengo que acordarme. Las demás nos detenemos al llegar al muro. Cerramos los ojos. Acercamos la nariz a las rosas.

Mientras aspiramos la fragancia pensamos: Todo lo que la abadesa ordena es bueno; todo lo que prohíbe es malo.

La abadesa mala (que es también la abadesa buena de ayer a la hora del baño) se aproxima por detrás: su piel exhala un leve olor. Huele a pura bruja, a toca vieja, y recoge cosas del suelo. En la carretilla tiene espinas de pescado, corazones de manzana, huesos de ciruela, bolas sueltas de rosario y plumas de gallina. Dice: Ya os dije una vez, monjas, que huyerais de ese placer.

Preguntamos: ¿De qué placer?

Contesta: Del placer que proporcionan los sentidos.

Decimos: Cierto.

Y pensamos: Es bueno trabajar noche y día para el mantenimiento de una comunidad de monjitas miedosas y fanáticas. Es malo mentir, pensar en los dulces con crema o en que nuestra carne no se perpetuará jamás. Está muy mal robar y oler las rosas del patio chico y, sin embargo, es bueno pasar hambre y mortificarse con ortigas al menos una vez al día. Es bueno ser oveja cuando la abadesa es pastora, cocinera cuando ella es comedora, oyente cuando toca el clavecín. Es malo reír cuando ella llora, llorar cuando ella ríe.

Es bueno ser hija cuando ella es madre, madre cuando ella es hija.

Y nos decimos: Pero nadie ha dicho que no *queramos* ser unas monjas voluptuosas.

Como si hubiera leído nuestros pensamientos, ella prosigue: Lo que vosotras *queráis* no tiene aquí ninguna importancia.

Durante un rato, la superiora nos observa atentamente (la Negra Extraordinaria se atreve a arrancar una rosa y a restregársela por la nariz). Añade: Es más, de ahora en adelante, queda prohibido oler las rosas del jardín.

Preguntamos: ¿Y las naranjas? ¿Podemos oler la fragancia de las naranjas del patio chico?

Contesta: Las naranjas sí.

Se fija en sor María mirando al suelo. Pregunta:

—¿Qué hace?

Contestamos:

—Busca a sus hijos.

Encoge los hombros y se dirige a la zona de los frutales. De puntillas, arranca unos cuantos limones maduros. Hace círculos y más círculos con la carretilla. Círculos grandes y pequeños, círculos aquí y allá, perfectos e inútiles. Hasta que por fin entra en la celda y aparca la carretilla en una esquina. Coloca los limones sobre la mesa y se sienta ante el clavecín.

Nosotras también hacemos un círculo, hundimos la cabeza en él y reflexionamos: luego las cosas son como son simplemente porque la abadesa las ordena. Hasta tal punto, que la abadesa podría hacer que el robo o la mentira, por ejemplo, fueran acciones buenas con sólo ordenar tales conductas. En otras palabras: que la bondad –o malicia– de un acto no es algo intrínseco a él.

En grupos pequeños y cogidas de la mano tal cual niñas, nos arrastramos hasta la celda prioral.

Una vez dentro, cerramos los ojos e imaginamos que la abadesa ordena algo nuevo: un *gran rencor hacia Dios.*

Para ello, nos arremangamos los hábitos hasta el muslo, nos arrancamos las tocas, alzamos la pierna como un ala, lanzamos la sandalia al aire y nos introducimos en el hueco del clavecín (entrar no duele mucho, duele más salir).

Nos apelotonamos, entrelazamos los brazos y las piernas, y esperamos a que Dios se haga oír.

–Toque usted, madrecita.

–Toque.

–La estábamos esperando.

–No podemos vivir sin su música.

Oímos cómo crujen los nudillos, cómo se posa la mano sobre las teclas, el rumor de las uñas sobre el nácar, cómo pellizca el martinete, cómo suena la música (la música es lívida y escuálida y feroz, y tiene los cabellos largos y está crucificada), sentimos que el corazón brinca, que un rubor estático nos abrasa el rostro, y entonces estalla el rencor.

Creemos que en el Palacio de Oca nos desprecian porque no dejamos oír, nos introducimos todas juntas en el hueco, y los que intentan escuchar oyen sólo, *a través del so-*

nido, la música acallada por nuestros cuerpos miserables. Sólo a veces sacamos la cabeza para respirar, o asomamos una pierna a través de la tapa, y el sonido llega más limpio, más bruto, más bello.

Entonces nos rebullimos de nuevo, estamos aquí, buscándonos y rechazándonos, practicando el ejercicio del rencor en el hueco del clavecín, y las criadas que escuchan desde sus camitas de palacio se despiertan, mudan de posición, se tapan los oídos, dicen: Ya está la abadesa tocando el clavecín, otra vez el maldito clavecín. Algunas no saben que no tienen por qué taparse los oídos, oh, no. Y cuando con los pelos aún revueltos y la boca de fango salen a orinar por la mañana, ni siquiera sospechan que lo que oyeron ayer no es sino el sonido que llega *a través* de nuestros cuerpos enzarzados: que venga doña Hilda a jurar su virginidad. Oh, sí.

Enzarzadas en la caja de resonancias del clavecín (la baba moja los martinetes), nos quedamos dormidas. Unas horas después, nos despierta un ruido en el patio chico. Abrimos los ojos de golpe. Una de nosotras dice:

—¿Ya es la hora de las vigilias?

Y otra, buscando la pierna de la que tiene al lado para cubrirse la cara:

—No seas bruta, ¿no ves que no ha salido el sol?

Entonces caemos en la cuenta. Sacamos la cabeza del clavecín. Decimos al unísono:

—La madre que te parió, María.

Sor María de las Piedras, monja gloriosa, tiene una historia atormentada.

Cuando era más joven, no era monja sino una lavandera de piernas largas y tetas duras.

Por las mañanas, se colocaba el fardo en la cabeza y bajaba al río a frotar las sábanas de otros. Al caminar muy erguida por el encachado, le temblaba la barbilla. Al llegar al río se ponía de rodillas y extendía lentamente las sábanas.

Odiaba esas sábanas: en ellas estaba la noche de los otros. La noche que ella borraba cada día frotando con la pastilla de jabón. Con la misma pastilla con la que me lavaba la boca después de blasfemar contra ellos, nos recuerda algunas noches con la voz quebrada por la emoción.

El ingreso de sor María en el convento tiene mucho que ver con la última reforma de la vida religiosa acometida en la comarca. Cuando, hace bastantes años, el privilegio de jurisdicción sobre pueblos y parroquias del que había gozado la anterior abadesa se transfirió a las diócesis, se tomaron una serie de medidas. En primer lugar, y coincidiendo con el inicio del mandato prioral de Violante, se reguló la vida comunitaria con un horario fijo; en segundo lugar, al desaparecer toda clase de peculio, la austeridad se acentuó. En tercer lugar, tuvieron que irse las criadas que servían a las religiosas de la nobleza y concretamente en nuestro convento se prescindió de los servicios de dos mujeres que lavaban los hábitos y hacían la colada.

Sin estas criadas, las únicas que conseguían ir mínimamente decentes eran las monjitas de origen humilde, las que estaban acostumbradas a lavarse su propia ropa desde que eran niñas. En poco tiempo la suciedad y el mal olor se extendieron por el convento como una plaga feroz: las sábanas y los hábitos, el mantel y las servilletas del refectorio, y en general todo lo que debía ser ejemplo de una blancura de flor de harina, se puso del color de las hojas muertas. Y cuanto más sucio estaba, más pereza daba limpiarlo. Se hacía preciso el ingreso en el convento de una mujer que estuviera dispuesta a lavar grandes cantidades de ropa.

Por aquella época, sor María era una muchacha de apenas veinte años pero lavaba sábanas mejor que nadie. Las que ya éramos monjas la veíamos bajar todas las mañanas al río con un enorme fardo en la cabeza. Durante horas, se dedicaba a lavar la ropa de los marqueses del Palacio de Oca y luego volvía a pasar por delante del convento. Algunas tardes, la invitábamos a merendar y ella aceptaba encantada. Al entrar decía: Huele a paz y a galleta. Con un brillo en los ojos que jamás olvidaremos, llevándose a la boca la tacita de porcelana con sus manos gruesas y descarnadas, nos contaba, lenta y dócil, lo que las aguas del río se llevaban aquel día: la postura y los besos, el susurro de unas palabras de amor, el olor del hombre, los secretos de una vida. Siempre concluía diciéndonos cuál era su anhelo: casarse y tener hijos, eso es lo que haré, y dejaré de lavar las sábanas de los otros.

Nunca llegó a casarse y menos a tener hijos porque el verdadero rumbo de su vida, por muy absurdo y alejado de sus deseos que en ese momento pudiera parecerle, ya estaba trazado. Con su trabajo de lavandera apenas sobrevivía y la convencimos para que ingresara en el convento. A cambio de hacernos la colada, la abadesa consintió en que sor María se saltase los dos años de noviciado y que pasase directamente a ser monja lavandera. La falta de formación y del tiempo necesario para adaptarse a la disciplina, el estudio, el trabajo manual, la obediencia, la humildad y la entrega propias de la vida conventual, tuvo unas consecuencias catastróficas: en lugar de emprender un camino hacia Dios como hacíamos las demás, se obsesionó hasta la locura con su anhelo.

Por todo esto, hay que tener mucho cuidado con ella. Su preocupación principal es que sus hijos, cinco o seis, le reclaman cosas a todas horas (Tengo que acordarme de que mis cinco o seis hijos me están llamando, se dice muy a menudo), ambición que en nuestros comentarios se refleja con gran respeto: cuando salimos al amanecer, los guijarros del jardín no crujen bajo nuestros pies sino que *los hijos de sor María se lamentan* de que tienen hambre; cuando la lluvia insiste sobre la cúpula de pizarra no es que hoy no haya parado de llover ni un solo minuto sino que *los hijos de sor María necesitan* un poco de cariño, y cuando las piedras entran a través de nuestras ventanas rompiendo brutalmente los cristales, abajo no hay niños que nos insultan groseramente por ser unas inútiles y parásitas que no hacen más que rezar sino que *los cinco o seis hijos de sor María acaban de irrumpir en una de las celdas, sabe Dios qué querrán ahora.*

Son sólo las cuatro de la mañana y nos abrazamos con fuerza. Durante un rato permanecemos así, amándonos intensamente en el hueco del clavecín. Luego nos levantamos para cantar las vigilias en el coro, todas menos ella, que sigue atendiendo a *sus hijos* en el patio chico.

Antes de salir al patio, repetimos los gestos que nos sacan de la soledad: nos lavamos la cara con agua helada, nos ponemos los sayales de paño áspero (¡no tengáis recato en meter el dedo y rascar donde pique, bah!), el cordón, los escapularios y las sandalias, introducimos los dedos entre la espesura podrida de nuestra cabellera, poco a poco nos sumergimos en la vida, pero no llores, ¡bah, te las manos de encima, pendeja!

Salimos al patio arrastrándonos y no rezamos como la abadesa ordena. En su lugar, buscamos en el cobertizo: el pico, la pala, el rastrillo. El pico y la pala, dice una de nosotras, y añade sin dejar de rastrillar: Si un pico y una pala se encontraran en el suelo, ¿podrían convivir?: ¡Noooo!, exclamamos todas al unísono.

Cuando las ruedas de la carretilla aplastan las ortigas del suelo, ya no sabemos a *quién obedecemos.* ¿A quién obedecemos?, dice la que empuja la carretilla, y las ruedas hacen cri, cri, y otra contesta: Obedecemos al impulso de la carretilla.

Los tallos de las ortigas sangran y tienen la transparencia de lo divino.

Los tallos de las ortigas: si miras a través de uno de ellos, ves que Dios es tan verde como bueno, si lo tocas, compruebas que Dios es muy malo. Cuando hacemos cosas bajo las estrellas, las criadas del palacio se asoman. Chillan: Monjas asesinas, ¿a quién enterráis? Pero nosotras a lo nuestro. La pala se hunde y arranca. El rastrillo acaricia y arrastra. En uno de los balcones también está la cocinera. Dice sin fuerza: Monjas. Y abre la boca para gritar: Monjas de mala ralea.

Una, dos monjas, cualquiera desbroza, rastrilla y escarda.

Otro grupo transporta las raíces y la tierra. El hueco es un poco más profundo, ya casi cabe un cuerpo, y ellas gritan, monjas (y la lluvia hace: tiquitac-tuc),

¿a quién enterraréis?

Durante el curso de la semana siguiente, en ansiosa espera de que vuelva a ocurrir algo interesante en palacio (algo como que el marqués se decida a que su esposa jure virginidad en nuestro convento), vivimos subiendo y bajando la escalera que lleva al sobrado: aquella de vosotras que no *suba para luego bajar*, está muerta, nos grita sor Gaudencia, monja refinada y ardiente, aunque de aspecto desagradable.

Lo grita desde el último peldaño de la escalera.

Nuestros pasos huelen a moho y a manzana podrida, y cuando llegamos arriba, jadeamos como viejas.

Nos bate la sangre en las sienes y hasta nos duele el corazón, dice entonces sor Ambrosía, que es una vaga redomada, ¿qué hay de bueno en este subir para luego bajar?

Sor Gardenia explica entonces que lo no placentero de la ascensión es parte del gozo que proporciona, que en eso, y nada más que en eso, consiste nuestra existencia, como también en eso consiste la existencia del carbonero, de la planchadora o la fregona de patios y escaleras, por poner un ejemplo, y que también la vida de los que habitan en palacio consiste en un estúpido *subir para luego bajar*.

–¡Ay! –suspira sor Ambrosia–, ¡pero la diferencia está en la escalera y en lo que ésta anticipa!

La escalera de palacio que ahora divisamos desde nuestra ventana avanza majestuosa del vestíbulo a las alcobas del piso de arriba desplegándose como las plumas de un pavo real, rompe y muerde el espacio (la nuestra *se encoge* desde uno de los pasadizos hasta el sobrado y no invade nada; más bien esconde el verdadero tuétano del convento). Sus escalones son de mármol pulido y en las barandas hay incrustaciones de nácar. En los rellanos abundan las telas de araña y las criadas dormidas.

Vivimos subiendo y bajando, y hoy, por fin, vemos cómo el marqués desciende esa escalera masticando rabia.

Desciende vestido con una elegante camisa de seda y encajes, enaguas de París, el palo de sacudir alfombras al hombro.

Sale al jardín (entre los setos está el lacayo), alza los ojos al cielo y mira el trajinar de las cigüeñas. La luna todavía flota en el cielo y avanza dando patadas a los frutos caídos del jardín. Antes de introducirse en el establo, vuelve a escrutar el cielo con la boca abierta.

En la torre principal una de las cigüeñas hurga con el pico entre el amasijo de ramas. Sale volando. Regresa con una astilla y se posa junto a las otras. Pone la astilla en el nido que no es suyo, da saltos a su alrededor. Recibe un picotazo en el ojo. Indiferente al embite, la cigüeña pequeña emprende el vuelo para seguir buscando en el patio de los naranjos. Primero trae un trozo de tela roja adamascada, luego un poco de algodón. Lo pone todo en el nido. Por encima de ella, otra cigüeña extiende las alas enormes, queda un rato en suspensión hasta que cae como un rayo sobre su cabeza.

Alzamos aún más la cabeza; también el marqués. Alrededor de la cigüeñita crotoran las otras lanzándole sus cuellos como serpientes. La intrusa se escurre, se incorpora y avanza por el canalón con solemnidad. Vuelve a caer. Camina sobre una pata. Temblequea entre una nube de plumas blancas y rojas. Finalmente, cuando ya está exhausta, alza el vuelo.

Sube y luego baja malherida.

Don Íñigo da una patada a la puerta del establo. Del interior sale un olor a excrementos. Un olor agridulce de sudor que llega hasta nosotras. Está rabioso y llama: tooooo, vaca, tooooo. Una vaca levanta una pata, posa la pezuña en el suelo y gira lentamente la cabeza bondadosa (un hilo de agua baboso, brillante por la luz, le cuelga de la comisura de la boca).

Vaca y hombre se miran.

A continuación suena un cencerro solo, seguido, tras una pausa, de otro. En la brisa del amanecer llega flotando hasta nuestra ventana el olor acre, débilmente amoniacal.

El marqués avanza,

—Toooooo, vaca,

hasta tocar los ijares. Alza el palo y pega en la espalda de la vaca.

Los ollares rosados del animal tiemblan.

El mugido sube y baja la escalera. Se retuerce por las galerías y los corredores. Nos penetra los oídos: La vaca que no muge, dice sor Gaudencia, está muerta.

Desde arriba distinguimos la nuca reluciente del lacayo, el bulto duro y dinámico de su cuerpo que, al oír el mugido, se detiene entre las zarzarrosas.

—Pssiiii, psi —le decimos desde nuestra ventana. Pega un respingo, deja las manos suspendidas en el aire como una rata, mira hacia los lados para ver si encuentra algo.

—Estamos aquí —le susurramos—, todas juntas, en la ventana del convento.

El lacayo Sebastián dirige la mirada hacia arriba. Al descubrirnos (contra el cristal de la ventana se aplastan nuestros pómulos mongoloides) y sentirse descubierto, se levanta bruscamente.

—No te asustes —le decimos.

Queda callado.

—Sólo queremos, si no es mucha la pregunta, que nos ayudes a resolver una pequeña duda; tú eres hombre de mucha entendedera.

El lacayo se sienta sobre la tierra. Retoma la tarea.

—Tú entras todos los días —le decimos— varias veces entre los setos, ¿no es así?

—Yo soy un simple lacayo.

—Entras y luego sales, *entrar para luego salir,* todos los días repites la misma actividad, muchas, muchísimas veces, y no te importa, ¿no es así?

No le da tiempo a contestar porque en ese momento el marqués sale como una flecha, los ojos inyectados y el gesto dislocado, el habla floja cuando llama a su sirviente, lacayo marrano, dónde estás. Se detiene para templar el aliento.

Hurga con el palo entre los setos.

—Sal de ahí, marrano —dice.

Cuando por fin encuentra al lacayo, lo agarra de una oreja, lo arrastra. Lo saca para situarlo frente a él. Le dice:

—Dame el parte, marrano.

El lacayo Sebastián se cuadra. Retuerce los dedos entre las tijas huecas de las llaves que le cuelgan de la cintura y medita durante un rato, como ordenando esas llaves o las ideas: Hoy hace mal tiempo, mi señor, pero nos guardaremos de llamarlo malo. Su madre le espera en su alcoba para saber cómo han ido los negocios este mes, está de un humor de perros pero no debemos exagerar: digamos que está ligeramente alterada. Con respecto a los negocios, la operación de importación de las sederías procedentes de más allá de los anchísimos mares de la China (de eso querrá su madre conocer más detalles) ha sido mayormente un fracaso, en modo alguno un material tan frágil y costoso ha podido mayormente colocarse en un mercado tan cerrado e ignorante como el nuestro. Cerril, diría yo. Y las comisiones aplicadas por los agentes no fueron las convenidas. El negocio ha sido un fracaso y acabamos de hacer a los intermediarios ricos pero digamos que la tela es mayormente de buena calidad. En cuanto a...

–Ni siquiera sé si es virgen –le corta el marqués.

El lacayo alza un poco los ojos.

–¿Se refiere usted a la vaca que acaba de azotar, mi señor?

–¡Me refiero a doña Hilda, imbécil!

Con sus ojos vivos y duros, Sebastián vuelve a mirar al suelo. Ríe sin hacer ruido.

El marqués de Grandes avanza hacia él.

–Ooooohhhhh, atrévete –grita, rojo de furia–. Atrévete a afirmar que soy un marqués incompetente.

El lacayo vuelve a quedar perplejo.

–Perdóneme, no era mi intención ofender...

–¡Atrévete!

–No me atrevo; es usted el marqués más competente de toda la comarca.

–¡Pues, entonces, atrévete! –prosigue don Íñigo–. ¡Atrévete a afirmar que no soy hermoso!

–Es usted hermoso –chilla el lacayo, y eleva aún más el tono–: Es más, le diré algo: toda aquella mujer que le ve pasar por delante o bien chilla de emoción, o bien...

–¿O bien qué?

–¡O bien no chilla!

Don Íñigo se marcha, de pronto tiene prisa, desaparece entre la fronda del jardín y nosotras sabemos que es para llorar. Se coloca de cuclillas en una esquina, mete la cabeza entre las piernas y llora. Llora sin lágrimas para no empaparse las enaguas de París, abriendo mucho la boca y profiriendo aullidos secos de perro seco.

Entonces, con gran precisión, el lacayo se vuelve a enhebrar entre el hueco de las zarzarrosas: una vez dentro, pierde piernas, aliento, olfato, hasta sentido de la orientación. La lengua péndula, se acurruca como un animal que busca el cobijo en el calor de la tierra. Suspira hondamente: sabe que, después del llanto, el marqués quedará sedado como un niño. Le dejará en paz.

—Psss, psss, Sebastián —volvemos a gritar desde nuestra ventana, y añadimos—: Estamos aquí, veintitantas monjas asomadas por la ventana del convento.

El lacayo mira lentamente hacia arriba. Dice:

—¿Qué queréis ahora?, dejadme, yo soy un simple lacayo, no un filósofo.

—Un simple lacayo de mucha entendedera —le decimos.

—¡Eso ya me lo habéis dicho! —dice furioso. Comienza a arrugar pliegos de papel—. Estoy muy ocupado.

—Verá —decimos nosotras.

—No tengo nada que decir sobre la muerte y esas cosas —interrumpe él entonces.

—No —decimos—. No queremos hablar sobre la muerte. Queríamos hablar sobre otra cosa: ¿usted sabe a qué puede deberse este afán nuestro de *subir* para luego *bajar,* que, por lo que venimos observando, es exactamente igual al afán suyo de *entrar* para luego *salir* de los setos?

El lacayo queda pensativo durante un rato. Entonces coge la lámpara de carburo y las pelotas de papel y sale de su escondite.

Dice (y pasa la manga de la librea por la pantalla de la lámpara): Me cago en la hostiauta.

Como el imbécil, dijo entonces el doctor Ángelo da Pena.

Había venido a reconocer las débiles costillas de la abadesa que crujieron como varitas secas de almendro al subirse a una silla para palpar los vértices maduros de los limones del árbol. Con el estetoscopio recorrió el dorso de la superiora, se lo quitó y lo metió en el maletín. Sólo el imbécil no conoce el cansancio. Llega, mira, suda, desciende, rueda escalera abajo, se rompe los dientes, le crujen los huesos, se parte una pierna o una costilla, *vuelve a subir*. Hizo un silencio y nos miró de soslayo (¡ay, por Dios Mi Madrísima, era como si estuviera dando respuesta a lo que preguntamos al lacayo el día anterior!). Le da lo mismo, prosiguió abriéndole el párpado a la superiora para mirar el fondo del ojo. Porque sólo el imbécil sabe que lo importante es no detenerse nunca. Paciencia, perseverancia y dignidad. Dejó una mano suspendida en el aire y quedó pensativo. Porque, de alguna manera extraña, lo que no ignora el imbécil, añadió, es que el triunfo camina siempre de la mano de la frustración.

Ése es el verdadero problema. Cerró el maletín y, apoyándose en las rodillas, se puso en pie. Ése es el *subir* para luego *bajar* una silla de mimbre y romperse una o dos costillas para palpar los vértices de los limones.

—Dos semanas de reposo absoluto, madre.

Y añadió mirando a la abadesa, que yacía silenciosa y dócil sobre su cama de hierro (y en realidad, el comentario iba dirigido a nosotras):

—Pero ¿cómo permite que las monjas permitan que usted, a su edad, ande cogiendo frutas en la huerta?

Y, a pesar de que no obtuvo respuesta, aún tuvo la osadía de insistir:

—¿Qué tienen esos vértices de limón que impulsan a una anciana como usted a subirse a las sillas?

Lo cierto es que ese comentario sobre que el triunfo y la frustración caminan de la mano, que también, aunque con otras palabras, nos había repetido la abadesa hasta la saciedad, era algo que nosotras no acabábamos de entender (o Dios decide estar de tu parte o Dios decide hacerte la puñeta de verdad, pensábamos). Por eso, una vez despedido el doctor (como no estaba autorizado a hablarnos sin la presencia de la abadesa, nos hizo unas reverencias en la penumbra del zaguán), ya en la intimidad del refectorio

(masticábamos en silencio, animándonos a comer las deliciosas viandas que en realidad no había sobre la mesa, oh, no, gracias, tengo ya suficiente pavo relleno, dándonos de codos o haciéndonos gestos para que alguna pasara la sal, el pan o el vino),

sor Gaudencia dejó de comer. Aprovechando la ausencia de la abadesa, caminó con decisión hasta el púlpito, hizo callar a la monja que leía el Evangelio (deja de decir zarandajas, le dijo apartándola de un manotazo) y se subió a una silla. Desde allí arriba, haciendo aspavientos raros, nos explicó de una vez por todas que las ideas se iluminan con sus opuestos, que no hay odio sin que antes haya habido un amor intenso, como tampoco hay triunfo si antes no ha habido fracaso, que nuestra única esperanza era *subir para luego bajar,* que si la abadesa no se parte en dos al coger limones no entendería lo que significa estar sana, y que Dios nuestro Rey y Señor –y al pronunciar este nombre puso los ojos en blanco e hizo un largo silencio– no sería nadie sin el diablo.

–¡El marqués no tiene por qué sentirse frustrado! –prorrumpió la Niña Tuerta sin venir a cuento–. ¡Doña Hilda es toda una señora!

Al oír esto, sor Gaudencia se bajó de la silla, bordeó la mesa, se situó frente a la Niña, le acercó su nariz filuda y durante un rato la miró intensamente.

La Niña Tuerta –quizá porque era viejita o quizá porque era una mujer de campo– dejó de comer y se puso a temblar.

Sor Gaudencia alzó entonces un dedo y explicó muy enfadada que a pesar de la cintura de avispa apretada por un corpiño que avanza en saliente como por encima del vientre, a pesar del pelo recogido hacia arriba en inumerables bucles y trenzas, a pesar de sus aptitudes (que, todo sea dicho, nadie ha tenido la oportunidad de constatar) para el piano, el canto, el dibujo y los idiomas, a pesar de sus uñas nacaradas y su gusto por las mariposas, doña Hilda *no* era una señora y mucho menos una señora *apropiada* para la vida palaciega. Mera *apariencia*. Más bien era simplemente una mujer de campo. Y las mujeres de campo, añadió posando la punta del dedo en la nariz de la Tuerta, son distintas.

–¿En qué? –preguntó ésta tímidamente.

–En el olor –sentenció sor Gaudencia.

Era la primera vez que veíamos a sor Gaudencia tan alterada. Normalmente aceptaba las cosas con mansa resignación y seguía al grupo dando pequeños pasos con su salterio bajo la axila, calladita o recitando versos de memoria. Esta vez, aunque estábamos seguras de que hizo intentos por dominarse, salió el tigre de su interior. Recorriéndonos a todas con la mirada, el gesto desordenado, afirmó con un tono muy impertinente que la esposa del marqués era en realidad una campesina.

–Y os diré algo aún más importante –añadió con despecho–: A mí ese doctor Da Pena me toca las narices.

Hubo un silencio, y luego un revuelo general. Unas decían que el doctor era un hombre impoluto, que no era bueno decir eso de él, y otras que no lo era tanto, que siempre que venía tenía que hacer algún comentario gracioso. En todo caso, en lo que sí coincidimos fue en lo de los sentimientos opuestos.

En el caso de don Íñigo, era cierto que cuanto más atraído se sentía por la marquesa, tanta más necesidad tenía de acudir al lacayo para oír las mentiras piadosas y vivificantes acerca de su persona. Era como si ese estado de dicha floja y ávida en que le situaba el enamoramiento, en lugar de afianzarle en sus sentimientos, le estuviera minando poco a poco; era como si, por algún motivo, el placer de querer a una mujer tuviera que llevar implícita una dosis de fracaso y sufrimiento.

Lo bueno (¡o lo malo!) era que, tras la irrupción de doña Hilda en la vida de don Íñigo, desaparecieron sus visitas a nuestro convento. Como es lógico, esto era algo que complacía gratamente a la abadesa Violante y a doña Brígida, que algunas tardes, aunque cada vez menos, tomaban el té con rosquillas. Porque lo que nunca quiso admitir esta última era que, con toda seguridad, ella era la culpable de que su hijo fuera un vago trotaconventos. Un imbécil redomado.

Realmente, el único que conocía *la verdad* sobre doña Hilda era el lacayo, porque un día la descubrió sin su capuchón. Fue justo antes de la boda, la época en que ella espiaba a su prometido tras la puerta para salir como una cabritilla a ayudarle con el afeitado, la época en que le rascaba la espalda y le limaba las asperezas de los pies con piedra pómez. La época en que el marqués actuaba como un viejito chocho.

La época en que, muchas veces, la vida era el relato de

una monja. Una monja tuerta que, subida en la última de las ollas amontonadas junto a la ventana del sobrado, nos iba dando cuenta de lo que pasaba por su ojo vivo.

A la hora de la merienda, el lacayo Sebastián, que seguía entendiéndose de maravilla con la nodriza, irrumpió en la cocina pensando que ésta estaría bordando alelíes y charlando con la cocinera junto a los rescoldos gratificantes del horno. Pero la que batía claras de huevo junto a la ventana abierta era doña Hilda.

—Le traigo lilas —dijo el lacayo al entrar.

Al oírlo, doña Hilda dio un respingo y, acto seguido, quedó paralizada. Se le cayó el tenedor al suelo, se tapó la cara con las manos y corrió dando tumbos hasta la alacena, lugar donde había dejado el capuchón. Pero antes de que le diera tiempo a ponérselo, el lacayo vio algo en su rostro que nosotras no alcanzamos a ver desde nuestra ventana. Quedó horrorizado. Con el capuchón de nuevo sobre la cabeza, como si nada hubiera ocurrido, la marquesa siguió batiendo con energía: hacía merengues para el marqués.

—Deje las lilas sobre esa silla —le dijo al lacayo, que quedó quieto como una estaca mirando fijamente, sin saber qué hacer—. Yo se las daré a mi nodriza.

Sebastián obedeció. Con mucho cuidado (y la marquesa batía y batía) depositó el ramo de lilas sobre la silla. Caminando sobre las puntas de los pies, llegó hasta la puerta. Estaba a punto de salir cuando el tenedor se detuvo en el plato. Hizo: clac. Doña Hilda lo elevó, y el líquido todavía viscoso de las claras quedó colgando.

—Lacayo —dijo muy suavemente, sin dejar de mirar al plato (y la cuchara volvió a hacer: clac).

—¡Mi señora!

—¿A qué sabe la clara del huevo?

El lacayo quedó pensativo. De modo alguno se esperaba esa pregunta.

—No sabe a nada —contestó, y añadió riendo sin hacer ruido—: Mayormente a nada.

—Eso mismo pienso yo —dijo doña Hilda.

Entonces ella dejó de mirar al plato para mirarle a él. Le explicó con toda la dulzura del mundo lo que ocurría cuando le entregaba al marqués aquellos merengues que *no sabían a nada:* el pobrecito es tan simple que llora de alegría, dijo. Yo entro en la salita de estar donde él me espera, tapadito con su manta y mirándome fijamente, como un perrillo hambriento, mudo de emoción. Entonces le entrego el merengue, lo coge con el pulso tembloroso, se lo lleva a los labios, absorbe, y llora. Embadurnado hasta las cejas, llora hasta quedar desmontado. ¡Como si nunca hubiera sentido algo similar! Ni usted que cree conocerlo tan a fondo lo reconocería. Y usted me dirá: Claro, pero es que el merengue no es sólo clara.

Sebastián hizo un nuevo intento de salir.

—Y, sin embargo —prosiguió la marquesa acercándose hasta él y agarrándole de un brazo—, no se piense que lleva mucho más. Sólo lleva un poco, sólo un poco —metió la mano en un tarro y la volvió a sacar—, de azúcar como éste.

El otro asintió con la cabeza. Estiró el brazo para zafarse y abrir la puerta.

—¡Lacayo! —volvió a gritar la marquesa, agarrando el brazo con más fuerza.

—¡Mi señora!

—¡Qué es lo que hace usted cuando se mete entre los setos!

—¿Entre los setos?

—¡Entre los setos! ¡Imbécil!

La marquesa lo arrastró hasta la encimera y lo soltó de golpe. Antes de que Sebastián pudiera contestar, comenzó a batir de nuevo. Batió con tanto ímpetu que el lacayo tuvo que taparse los oídos. Luego paró, y, soplándole un poco de clara a punto de nieve en la nariz, continuó hablando del merengue: Es fácil de hacer... pero yo tengo mi secreto. Todo el mundo tiene su secreto.

Alzó la cabeza para mirar al lacayo a través del capuchón.

–¿Me entiendes, imbécil?

Sebastián asintió varias veces con la cabeza. Dijo:

–Usted tiene su secreto y yo soy una tumba.

Ojo que ve, oye, huele y hasta siente. Ojo que es mano porque toca.

Verdaderamente, las cosas transcurrían extrañas en el ojo de la Niña Tuerta. Transcurrían antes, o después de tiempo, o no transcurrían nunca.

Como una araña mecida por el viento.

O unas flores blancas gimiendo entre las lajas del jardín, o la república de los insectos, o un sol extraordinario en el cielo. Porque a veces, pensábamos (y nos arrebujábamos entre las mantas muertas de risa y miedo), una mirada distinta bien podría convertir esa araña en una vieja sin mandíbulas, o las flores blancas en princesas, o la república en una monarquía, o al sol en un Rey que ya no pisa la tierra.

En realidad, había dos mundos y un ojo único. Y nosotras, al poner toda nuestra fe en el mundo de arriba, quedábamos desplazadas del mundo de abajo.

A un lado del cristal, la vela raja la noche. La disciplina del convento nos atornilla a un régimen de trabajo ordenado mecánicamente: zurcimos paños y hacemos huevos fritos, rezamos y hundimos los dedos en las vísceras calientes de los pollos.

Al otro lado, los marqueses charlan, ríen y fornican de pie, de rodillas y con las manos, duermen hasta reventar entre cortinajes de damasco carmesí sin sospechar que está en marcha una terrible empresa de transformación de los conventos femeninos.

Amparado en una bula papal, el vicario provincial continuó enviando visitadores por toda la comarca y, a pesar de la oposición inicial, varios conventos cercanos al nuestro ya se habían convertido a la clausura. Esta vez, las instrucciones fueron claras para cada uno de ellos: cerrar puertas, tornos y rejas en las descalzas de Besa, construir locutorios en las clarisas de Maldoncella, oración continua y abstinencia de carnes, voto de silencio para contener la lengua y la fantasía del corazón para las benedictinas de Pudralbes, trabajo constante para domar la concupiscencia y apartar el deseo de bienes ajenos, prohibición de cualquier adorno y afeite para el cuerpo, de cualquier entretenimiento para el espíritu en Santa Paula. En todos estos conventos, las únicas causas lícitas para salir eran gran incendio, lepra y enfermedad contagiosa o pestilencia. Porque, según los emisarios, la mujer tendía constantemente al mal y las monjitas vivían con soltura y exceso, principalmente por ser las abadesas muy absolutas y enemigas de toda obediencia, atrayendo a las preladas tontas a su opinión.

En cuanto a nosotras, sabíamos que los visitadores no tardarían en volver, es más, nos corroía la sospecha de que sería el propio provincial, el amigo de los marqueses, el conocidísimo y temido fray Mónico de Pliéyade, quien se presentaría en nuestro convento. Y, poco a poco, sin abandonar nuestras costumbres cotidianas (sobre todo, además de rezar y trabajar, seguíamos pendientes de lo que acontecía en palacio), construíamos la imagen de este fraile en nuestras mentes.

Por su parte, el marqués, encastillado en su decisión de

no yacer con su esposa hasta que ésta accediera a jurar su virginidad, había dejado de entretenernos con las escaladas por los muros y la caza de mariposas al amanecer. Después del fracaso de la noche de bodas, doña Hilda volvió a encerrarse en su alcoba, por lo que el único quehacer de su esposo era bajar en pijama y bata a media tarde y mojar mendrugos de pan en un tazón de chocolate, grande como una bacinilla de porcelana, que le preparaba la cocinera (ay, señor marqués, le preparo uno para usted solito, le decía ella, qué necesidad tiene usted de andar mojando en el de una cocinera). Y él:

—¿Cómo es posible, hija mía, que siendo hermosota como eres, te dediques solamente a la cocina? Moja sin recato, mujer, moja.

Sin barruntar la pobre lo que de verdad vendría detrás de ese *mojar*.

Seguras de que en cualquier momento llegaría la orden de clausura, nos aferrábamos a esos chismes consoladores. De modo que, al atardecer exacto, callábamos los rezos, soltábamos nuestras agujas (hacían tin, tin sobre las baldosas) o clavábamos la cuchara en la masa de la confitura de membrillo para ir junto a la cocinera. En la penumbra húmeda del palacio intercambiábamos joyas de novicia por palabras estremecedoras: doña Hilda, puta o virgen, eso no lo sabe ni la nodriza, sigue refugiándose en la oscuridad de su capuchón, el marqués baja a mojar, ahora no *moja* nada más que en *mi chocolate*.

El provincial no tardó en presentarse ante nuestro convento.

Porque la memoria es un estuche, un espacio vasto con casillas que se abren y se cierran, y también resultó haber dos provinciales, dos Mónicos de Pliéyade. Uno era el que se piensa. El que durante muchos meses, mientras buscábamos caracoles y jugábamos a la gallinita ciega en la huerta, mientras rezábamos en nuestras celdas, mientras comíamos cardillos e hinojos sin aceite y sal y mientras dábamos nuestros paseos de higiene moral, tuvimos en la cabeza antes de conocerlo. Otro era el fraile real, el que finalmente vimos: artero y huraño, de rostro azul y lechoso como los rábanos, de manos flacas y rodillas débiles. Además de ocuparse de la administración de los conventos en la provincia, este religioso estudiaba cuestiones de todo tipo como de qué sustancia están hechos los ángeles, cómo digieren los animales o cómo nadan los peces. Había sido ascendido a vicario y era conocido en la comunidad religiosa por haber dedicado la mitad de una vida a demostrar *cierto* conocimiento de Dios por la sola fuerza de la razón natural.

El día en que llegó a nuestro convento (venía sobre un asnillo albardado, cantando alegremente salmos de David e himnos de Nuestra Señora), el vicario que se piensa ingresó inmediatamente en el compartimento más cerrado de nuestra memoria. Y mientras el fraile real, el artero y huraño de rostro azul, ataba a su asnillo y esperaba a que le abriéramos la puerta, una cigüeña de vuelo lento y elástico le cagó en la coronilla. Segundos después, cuando todavía se limpiaba, oyó un rebullir de hojas entre los arbustos del palacio colindante. Giró la cabeza.

Al otro lado de la verja le pareció ver a un hombre atareado entre zarzarrosas y lilas, limoneros y basuras, pero debió de pensar que no serían más que fantasías, ilusiones de una mente erosionada por el cansancio y la soledad del estudio, la caca de cigüeña trae suerte y no engendra tipos raros, de ninguna manera engendra monstruos que trajinan entre las flores. Se guardó el pañuelo sucio y volvió a llamar. Una de las novicias le abrió mascando chicle.

Tras examinarlo de arriba abajo (tenía las uñas larguísimas y usaba sortijas con pedrerías de colores en casi todos los dedos, zapatos negros de hebilla, un abrigo que le cubría la túnica de jerga negra y cabeza rapada en forma de corona) y deducir por su edad y aspecto que venía a ver a la abadesa Violante, la novicia le condujo por los pasadizos explicándole que no eran horas de venir a ver a nadie porque –y, esquivando a unas cuantas gallinas, los dos giraron con paso marcial hacia las azotehuelas–, en ese momento, la superiora estaba en las marismas más espesas de la siesta ya que, por si no lo sabe, ella padece achaques raros de tipo diabólico, y, a pesar de ser sorda de un oído, oye perros –la novicia se detuvo y se golpeó varias veces en la sien con el dedo índice–, aquí, dijo, y ayer tuvo un día de perros, de *perros gañendo dentro* y se rompió un par de costillas al coger limones y por eso necesita dormir.

Recorrieron las celdas hasta la huerta. En cuanto a las monjitas, explicó la niña, se bañan allí afuera, pero antes de verlas debe usted probar nuestra repostería, ahora mismo le saco unas perrunillas, ¿o prefiere usted roscos de vida? Ante estas frivolidades culinarias, el fraile calló. También prefirió hacerlo cuando, al pasar por la cocina, vio uno de los fuegos encendidos con una olla rebosante de pompas rojas de confitura (pero Dios no necesita de ninguna pompa, murmuró entre dientes), y no le quedó más remedio que callar, que hacerse el bobo de capirote cuando, un poco más allá, en la celda prioral, vislumbró a la abadesa dormida sobre las teclas del clavecín, la música rota y bella entre los dedos, la melena blanca esparcida como un mar revuelto sobre las teclas (las mazas todavía quietas sobre las cuerdas) y en una mano la botella de vino y por la boca el moco consolador, que sube y baja,

y que sube y baja al son de los ronquidos.

Calló una vez más cuando la novicia le dijo que lo que tenía ante sus ojos era pan, uy, pan de cada día porque, en el fondo, lo que de verdad le importaba a nuestra madre madrecita –y aquí la novicia se detuvo para masticar el chicle y escrutar al fraile de nuevo, de arriba abajo– no era precisamente la música.

–Porque... por mucho que digan... ¡qué de cosas buenas hay en la vida! –añadió en un suspiro.

El fraile quedó mirando a la abadesa, dio un respingo largo y tembloroso y siguió su recorrido.

A pesar de su templanza (sin duda cultivada a lo largo de la vida), lo que fray Mónico de Pliéyade no consiguió hacer es callar cuando por fin puso un pie en la huerta. En un primer plano, retorcida en una danza parecida a la de una mariposa que sale de su crisálida, estaba la Negra Extraordinaria muerta de la risa y con los brazos en alto para desprenderse del hábito. Al fondo, junto al lavadero, un tumulto de monjas en pelota viva nos lanzábamos a la carga hasta la verja próxima al palacio, girábamos sobre nosotras mismas y volvíamos, me-lanzo-por-los-aires para echarnos al agua, pírricas y alborotadas. Al ver aquello, una brasa súbita le cubrió el rostro. Desde una esquina, observó durante un rato con una mirada cargada de desolación y pánico, tragando quina y haciéndose crujir los nudillos, dudando si su *cierto* conocimiento de Dios no había sido durante todo este tiempo más que una ilusión. Vio cómo la Negra conseguía desprenderse del hábito y lo arrojaba al otro lado de la verja, vio cómo se abría paso entre las otras con andar de tigre

(en ese cuerpo negro estaba concentrada toda la desnudez del mundo),

el escapulario golpeándole en la cara, alta y elegante, meneando de un lado a otro las carnes de su cuerpo bruto y reluciente, paseando su sexo tierno y húmedo. La vio llegar al lavadero, meter la punta del pie para catar el frío, refrescarse el cuello y los sobacos con una carcajada de desafío, resoplar de la impresión y saltar al agua como un ballenato.

El mundo (pero ¿cuál de ellos?) es absurdo sin la existencia de Dios. De esto nunca había dudado fray Mónico y a eso se agarró como un recién parido a la teta de su madre cuando llegó a descubrir algunos de los atributos divinos positivos como la inmutabilidad, la eternidad o la unidad. Ahora, por un momento, ante la visión de la monja Negra Extraordinaria contorsionándose delante del lavadero junto a un rebaño de monjas descarriadas por la excesiva libertad (monjas descarriadas por la excesiva libertad nos volvió a llamar más adelante), en el momento en que le llegó el frescor de la salpicadura del agua a la mejilla, sintió que una grieta enorme se había abierto en su teodicea. Durante un rato intentó dominarse, cerró los ojos a la evidencia, al fin y al cabo, si él no daba cuenta de lo que estaba ocurriendo en ese convento, nada tenía por qué estar ocurriendo en ese convento, el conocimiento que llega por los sentidos es frágil y engañoso...

Pero ante la escena de la Negra en la huerta le fue imposible callar. Después de hacernos vestir y colocarnos de rodillas y en fila frente a él, gritó con toda la fuerza de sus pulmones. Dijo en voz altísima muchas zarandajas y sobre todo habló de la libertad, del don natural de la libertad. Explicó atropelladamente que al sexto día Dios había creado al hombre, y lo había hecho a su propia imagen, y que en el jardín del paraíso había un árbol de la vida así como un árbol de la ciencia del bien y del mal con naranjas hermosas y grandes, disculpe, padre, interrumpió una de nosotras alzando el índice, pero ¿no eran manzanas?, no, dijo él con retintín, eran naranjas de color naranja, hermana, y la fulminó con la mirada. Explicó que Dios prohibió comer de ese árbol y que con esa prohibición creó el conocimiento. Aquí se quedó callado y nos miró intensamente, su pecho subía y bajaba. ¿Sabéis lo que es la libertad?, nos preguntó, y añadió: ¿Habéis oído hablar del abismo oscuro de la libertad? No, mentimos nosotras. ¿Y del dolor originario de la conciencia?, dijo él enjugándose el sudor de la frente. No, volvimos a mentir nosotras. Y, sin embargo, ¿sabéis lo que es el pecado?, preguntó.

–Comer manzanas –contestamos–, oh, que nos diga, naranjas, naranjas de color naranja.

El provincial se marchó acompañado por la novicia del chicle, trastabillando por el mismo pasillo largo por el que había pasado al entrar no sin antes preguntar qué es lo que hacía esa otra monja, encorvada y como buscando en el patio chico.

–Busca a sus hijos –le explicó la novicia, y él no quiso preguntar nada más.

Frente a la celda prioral vislumbró a la abadesa ya despierta, doblada de espaldas con un orinal y las grandes bragas rosas colgando de un dedo, el gorro de dormir y el pelo muy revuelto, abriendo y cerrando cajones, buscando a Dios entre el desorden de las sábanas, oh, eso decía, a Dios o al Rey y a los perros y a los vértices de los limones entre las altas pilas de papel y libros, y en el alféizar de la ventana,

y el vicario debió de pensar que ya no cabía la posibilidad de ver nada más atroz en ese convento.

Lo que no pudo imaginar es que, ya en la salida, antes de llegar a la reja principal, aún tuvo que oír a la inocente novicia planteándole una duda existencial.

–Fray Mónico –le dijo–, ahora que está usted aquí me gustaría aprovechar la oportunidad para preguntarle algo. –Buscó el chicle con la lengua y lo estiró–. Verá –y se explotó una pompa en la nariz–, quisiera saber qué es lo que hacía Dios antes de crear este mundo tan hermoso.

El religioso se detuvo. Durante un rato, tomó aire y se infló como una gallina que hincha el plumaje para ir quedando luego reducido a menores dimensiones. En un principio, fray Mónico nos llegó a impresionar con su hermosura azul y desgarbada, con sus dedos largos y ensortijados, con sus hondos conocimientos acerca del dolor y la sustancia de los ángeles. Pero a decir verdad, ahora, a punto de salir e inflado como una gallina, lo veíamos distinto: ridículo y cerril. Nos pareció sucio, no sólo porque su sotana de lustrina arrastrase pajas y polvo, sino mayormente porque olía a ajos y estaba sin afeitar. Nos pareció ingrato, por el desdén con que miró las perrunillas y los roscos de vida que habíamos preparado especialmente para que él los probase. Nos pareció infantil, con sus zapatitos de charol desabrochados que hacían cli cli (todas y cada una de nosotras recordábamos haber tenido un hermano tonto y frágil con ese mismo calzado) y por su reacción de pánico ante la Negra Extraordinaria. Nos pareció enfermo y hasta escurridizo, invadido por la misma tristeza blanda y colérica que acallaba a nuestra abadesa Violante. Nos pareció un insensible desgraciado, porque no reparó en los pajarillos del patio chico ni en las rosas olorosas que trepan por el muro.

Porque no se atrevió a preguntar cómo es que había una monja que buscaba a sus hijos en el convento.

Con mucha mansedumbre, pasándose el pañuelo por la cabeza (la cigüeña de vuelo lento y elástico volvió a cagarle sobre la coronilla), contestó a la novicia del chicle. Dijo:

–Pues... antes de la creación... Dios preparaba el infierno para los que se plantean preguntas impertinentes.

Justo el día en que la abadesa pudo levantarse por primera vez tras su percance en la huerta, volvió fray Mónico de Pliéyade. Venía acompañado por una ceremoniosa cohorte de visitadores vestidos con gorjal y saya negra que se encargaron de desbrozarle el camino por los pasadizos del convento. En esta ocasión, sor Pureza hacía filloas en la cocina. Acababa de echar los huevos y removía la masa con energía, deteniéndose de tanto en tanto para limpiarse las manos en el mandil o para añadir pizquitas de sal. A su lado, sentada sobre una mecedora, la abadesa Violante limpiaba las entrañas de una gallina con sus largos dedos finos, la punta de la lengua fuera, los ojos fijos en la tarea, el cuerpo hacía cric-cruc. Antes de que le diera tiempo a entrar (todavía nos hacíamos sitio a codazos para fisgonear tras la puerta), una de nosotras se escurrió hasta la cocina para anunciar la visita.

–¡Madrecita Violante! –gritó con los puños en alto–. Traigo novedades.

La gallina entre las piernas, la abadesa sacaba vísceras a dos manos, el rostro lúcido, los ojos limpios. No le cambió ni un solo músculo de la cara.

–Novedades siempre las hay –dijo por fin, y detuvo la tarea. Frunció los labios, sopló e hizo volar una plumita por los aires. Cayó en silencio. Sin ruido, sin peso. Cuando por fin se posó en la baldosa del suelo, la superiora miró a la monja: Buenas, malas, o ningunas.

–Éstas son malas –anunció la monjita.

–El vicario provincial ha vuelto –añadió una segunda–. Avanza por el claustro como un animal sin dirección, encabezando una fila de hombres.

La abadesa se levantó y fue hasta el lavadero apoyando la mano en la espalda para contener el dolor. Estuvo un tiempo cavilando (el silencio de sus pestañas hablaba por ella), como hace cuando va a tomar una decisión. De reojo observaba a sor Pureza, que, con una destreza prodigiosa, vertía la masa de la primera filloa en la sartén. La superiora se lavó las manos con agua y jabón y, justo cuando se dio media vuelta, entraba el fraile Mónico en la cocina. Se encontró de frente con su rostro gris y huraño.

–Vengo a... –dijo, pero no pudo seguir. Al ver a la superiora (los cabellos sueltos y desgreñados, los ojos azules y desafiantes, la cogulla blanca ajustada a la cintura y salpicada de sangre), se detuvo durante unos segundos, como queriendo asimilar lo que tenía ante sus ojos–. Vengo a...

Al sentarse de nuevo, el crujir de las canillas de la abadesa se confundió con el crepitar de la madera de la mecedora. Sor Pureza lanzaba ahora las filloas hacia el techo. Las meneaba un poco en la sartén, y las hacía girar en el aire a-los-cielos-la-filloa-bendiiiiiita, finas como hostias benditas. La abadesa cogió otra gallina del suelo y comenzó a desplumarla. Sus brazos estaban rígidos aunque los dedos, acostumbrados a desgranar las cuentas del rosario, se movían ágiles entre las plumas, blancos entre las mangas,

hacían cric-cruc.

El provincial ordenó a sus acompañantes que salieran de la estancia y le esperaran fuera. También quiso echar a sor Pureza pero ésta se negó en redondo: el aceite de la sartén se

enfría y las filloas no pueden hacerse en dos fases. A continuación, los pulgares encajados en el cordón, la cabeza bien
alta, se acercó a la abadesa. Al oírnos cuchillear en la puerta,
se volvió para lanzarnos una mirada reprobatoria.

–¿Sabe usted –dijo, y sus ojos se animaron con una chis-
pa de codicia– que este convento está en pecado mortal?

La abadesa detuvo los dedos, dejó la gallina en el suelo,
levantó la cabeza, y lo miró con cierto atisbo de dureza.

–¿Por lanzar filloas al cielo? –preguntó.

–Por meter hombres, por...

–No sea necio, vicario –le cortó la abadesa.

Nos hizo irnos a todas, incluso a sor Pureza, que salió
refunfuñando con la sartén en la mano. Pero no nos fuimos
lejos, quedamos escondidas tras las columnas pareadas del
claustro, espiando a través de la puerta entreabierta.

–Pecar es mucho más difícil de lo que usted cree –prosiguió nuestra superiora.

El vicario dio unos pasos hacia ella. Al tenerla cerca, de
pronto, su rostro empalideció, todo él quedó pasmado y silencioso. Mirándola con sus ojillos de rata triste. Abrió la
boca para hablar, pero las palabras, *eres tú, Vio...*, se amonto-
naron en la boca, apenas salieron. Su rostro quedó quieto,
pero sus pupilas se avivaron y sus finos labios esbozaron una
sonrisa.

–Violante –acertó a decir con voz trémula–, ¿no te
acuerdas de mí?

–Violante –dijo una de nosotras–. ¡Ha dicho Violante!

–¡Violante!

–¡Violante, ha dicho!

La abadesa reculó asustada.

–Yo a usted no le conozco de nada –contestó inmediatamente, sin atreverse a mirarle a la cara. Rígida y dura, inti-
midada por la familiaridad, retomó la tarea: arrancaba plumas sin ton ni son.

—Eso no es cierto —dijo él.

—Sin duda, padre, usted debe de haber tenido un pasado intenso. Tan intenso que le hace confundir rostros... —dijo ella. Frotó un pie contra la baldosa. Añadió con la mirada clavada en el suelo—: Yo soy una humilde monja que lleva aquí metida toda la vida.

En un acto de osadía, la mano ensortijada del fraile agarró el mentón de la abadesa: una de las aristas de la esmeralda se le clavó en la mejilla. Ella pegó un respingo, aunque tuvo la fortaleza de aguantar en el sitio.

—Eso tampoco es cierto —dijo él, subiéndole la barbilla hasta encontrarla con su mirada. Añadió—: Una clavecinista como tú no debería estar desplumando pollos en un triste convento.

La abadesa no pudo resistir la mirada y desvió la suya. Se levantó bruscamente. Sin duda, el fraile había rozado algo íntimo. El pollo balanceándose en una mano, avanzó hasta la puerta.

—¡Monjas! —chilló—. Parece que el vicario provincial tiene mucha prisa. ¡Acompañadle hasta la entrada!

No hizo falta. Antes de que nos diera tiempo a salir del escondite, el fraile ya se había reunido con sus acompañantes en el claustro.

—Siempre fuiste una apóstata —gritó desde la puerta (y vimos cómo una vena pequeña le palpitaba en la sien), y añadió—: Y una mala cristiana también. Aunque te diré que al menos conservas el brillo de los ojos.

—No —repuso la abadesa—, en eso también me debe estar equivocando usted. Nunca fui ni buena ni mala cristiana, y ya no me brillan los ojos.

Barruntando lo que vendría después, corrimos a nuestras celdas agitando las muñecas. Sor Ambrosia dio la señal y nos colocamos para bailar. En fila culebreante, encabezadas por sor Pureza con la sartén, y mientras oíamos la conversación (¡sólo hubo un cristiano y ése murió en la cruz!, chillaba la abadesa), pasamos por el refectorio, dimos tres vueltas al claustro, subimos y bajamos las escaleras, reímos como locas, entramos, salimos, caímos unas encima de las otras, aferradas a la cintura, desacompasadas, prorrumpiendo en trinos y alegrías.

En la entrada del convento, justo antes de salir, fray Mónico quedó un tiempo callado, gozando el sabor de su hiel.

—¡Vieja resentida! —gritó.

Unas horas después, justo cuando comíamos las deliciosas filloas de sor Pureza, volvieron los visitadores. Esta vez, aunque venían sin el vicario, traían la orden escrita de revisar el convento de arriba abajo.

Cada una en su sitio, nos hicieron demostrar que cumplíamos perfectamente con nuestros deberes religiosos y que teníamos las cualidades interiores apropiadas para la vida conventual. Nos hicieron recitar los salmos de memoria. Nos interrogaron por separado acerca de las costumbres de las otras. Manosearon nuestras sayuelas para comprobar que la tela era lo suficientemente áspera, revolvieron en los cajones para encontrar dagas y cuchillos, nos desvalijaron los bolsillos en busca de frutas escarchadas y chocolates. Examinaron nuestros cabellos, comprobaron que no usábamos peinetas, ni horquillas, ni atavíos. En nuestras celdas verificaron que el ajuar era sencillo: un catre con olor a noche (a ninguno de los visitadores se le ocurrió que la Negra Extraordinaria tenía allí escondidas las cosas que iba robando), una mesa pequeña y un armario, todo lo demás fue requisado. De ahí pasaron al patio grande y del patio grande al chico. A continuación fueron a la biblioteca y se llevaron los libros inapropiados; de ahí fueron a la sala capitular, a la lavandería y por último a la celda prioral. Inspeccionaron el clavecín y confiscaron el ajuar íntimo de la abadesa. Luego pasaron a la ropería y de la ropería al refectorio para comprobar el régimen de las comidas. Prohibida la carne de res y las albóndigas. Prohibido el vino, los dulces y las confituras. Prohibidas las pompas de mermelada y las pompas de otros tipos. Prohibido el corretear por los pasillos, el bailar y el dormir juntas, el cuchichear por lo bajinis.

Prohibida la presencia de hombres en el convento.

Todo prohibido.

En el silencio de la noche, un ruido suave. No sabemos si es la lluvia o un ratón que pasa fugaz por las cuerdas del clavecín.

Ése fue el último día en que (oficialmente, claro está) estuvimos autorizadas a salir del convento.

Por la tarde, justo cuando el marqués entraba en la cocina para mojar el pan en el chocolate grueso de la cocinera (ay, marqués, le dijo ella al verle entrar, le preparo uno para usted solito, qué necesidad tiene de andar mojando en éste, y él: Calla, hija de Dios, caaalla una vez más), vimos cómo nuestra superiora se acercaba hasta el palacio.

Era la primera vez que lo hacía en muchos años.

Por la mañana había recorrido las celdas para incautarnos los espejos, una por una, con una vitalidad inusual. Los cogió todos, los grandes y los pequeños, los de pared y los de marquito con incrustaciones nacaradas, los cuadrados y los redondos, aunque la forma dé exactamente igual, decía mientras los metía muy apresuradamente en una bolsa, porque en todos ellos estáis vosotras, muchas y una sola, obedientes de vuestros propios gestos y multiplicadas hasta la náusea, monjas pelanduscas y faltas de identidad. Desde la ventana la vimos dirigirse al río y lanzar la bolsa al agua como si se tratara de un saco con gatos recién paridos.

Volvió y estuvo transitando por el convento. Iba y venía, articulando palabras confusas: la muerte y los vértices de los limones, el Rey y la soledad.

Al verla así, las monjitas nos esforzamos por evitar su desmoronamiento definitivo. Dios no permitirá que quedemos aisladas del mundo, le decíamos. Verá usted como el vicario levanta su prohibición y todo se arregla. Verá como en breve volverá a pasear por el pueblo y a merendar rosquillas con doña Brígida. Pero la prohibición del vicario provincial parecía no importarle lo más mínimo. Ella hablaba de la nueva Época y de la soledad. De los limones y de la muerte. Durante toda su vida había podido contener esa sensación de desamparo y vértigo, y el estar en el convento le aseguraba al menos, aunque amarga como los limones, la presencia de *alguien*. Pero ahora el *Rey* (ésa fue la primera vez que pronunciaba esa palabra que luego, a lo largo del tiempo, repetiría muchas veces) se ha ido y no queda nada. Pero ahhhhh, chillaba, ¿adónde ha ido el Rey? Nosotras le hemos matado: vosotras y yo, porque sus ojos lo vigilaban todo. Ausencia, decía llevándose las manos a la cabeza. Toda una vida contenida para no hallar sino ausencia.

Al llegar a ese punto de la explicación, la protesta de la abadesa alcanzó una violencia inusitada. Fue hasta su celda con el gesto descompuesto. Se rasgó la saya, arrancó las cortinas y tumbó los muebles. Por la ventana lanzó todo lo que los visitadores no se habían llevado: alguna silla y la máquina de coser, el reclinatorio y los escañiles, los crucifijos y rosarios, los libros. Todo quedó amontonado en la huerta y ella parecía gozar con esa furia destructora. Gritaba: En esta nueva Época todo estorba, el mundo en sí es un estorbo.

Se tumbó sobre su cama de hierro, se tapó la cara con las

almohadas de lana y se puso a llorar. Lloró tiernamente, como nunca lo había hecho (y le temblaban las papadas y los párpados), y en aquel momento, todas alrededor de la cama, comprendimos. Comprendimos la terrible soledad de nuestra superiora, que era también nuestra soledad y la soledad de todos los hombres. Esa soledad que sentimos todos desde el momento en que salimos del vientre de la madre. Abandonar su vida y tomar el velo de monja para encerrarse en un convento, dormir, cavar la tierra, tocar el clavecín han sido su alimento y su consuelo, la falsa recuperación de la vida cálida y compartida, cruelmente interrumpida por el nacimiento, ese nacimiento del que nos acordamos con dolor cada mañana, y del que nos consolamos desayunando mermelada de ciruela y leche de vaca, como la primera mamada.

Por la tarde, inesperadamente, la abadesa Violante abrió los ojos y se incorporó.

Recorrió el claustro y salió del convento.

Se alejó mascullando rezos, resuelta y decidida, pisándose las faldas de vuelo libre por el jardín del palacio. Atravesó el paseo de los tilos y cruzó el estanque haciéndose más fina, loca y huesuda según se iba alejando de nuestro punto de observación.

Empujó la puerta y se hizo paso hasta la cocina.

Allí estaba, como decimos, el marqués en actitud de animal mansurrón: tenía a la cocinera sobre su regazo, una mano revolviendo en lo más hondo del escote y la otra mojando en el chocolate grueso. Al ver a la religiosa en la puerta, blanca y dura en el alféizar de la puerta con la saya rota, se le atragantó un picatoste. Ave María Purísima, dijo ésta, y se alzó el hábito y sacó un cuchillo de cortar membrillos. Quiero vino, cien metros de paño negro y harina.

(–¡Qué ha dicho! –exclamó una de nosotras, la mejor posicionada en la ventana, llevándose la mano a la boca.)

Si no me entrega esas tres cosas, le rebano los sesos. Con los brazos llenos, marchó de nuevo hacia el convento con el fin de inaugurar la nueva Época, eso parecía ir chillando por el jardín del palacio y eso creímos entender una vez la tuvimos de vuelta. Bajamos rápidamente para recibirla en la entrada. Volvía a estar fuera de sí, el pelo revuelto, las pupilas hondas y desalmadas. Añadió (y en su mirada todavía había una pizca de lucidez): Nos llenaremos de vino los cerebros, coceremos pan para muchos años y confeccionaremos hábitos para el luto.

–¿Para el luto? –preguntamos–. ¿Para el luto de quién?

Pero ella no contestó.

Nos convocó a todas en el patio chico y se subió en lo más alto del lavadero. Desde allí arriba nos anunció que éramos libres y nos brindó la posibilidad de atravesar los muros del convento e irnos.

Dijo (tenía la toca descolocada y los pelos le caían por delante de los ojos): A probar el rico manjar de la indisciplina. Y añadió con descaro: O la cosquilla del sexo.

Hubo un tiempo de duda, un espacio de frenesí, un correr sin ton ni son de la puerta principal a la celda, y de la celda a la puerta principal: algunas de nosotras ya habíamos hecho el hatillo para marchar. Aunque, realmente, ninguna sabía en qué consistía eso del rico manjar de la indisciplina, ni la cosquilla del sexo. Ni siquiera sabíamos bien en qué podría consistir nuestra vida fuera del convento.

Poco después, tal y como había anunciado y antes de que Flay Mónico de Pliéyade pudiera tener el gusto, la abadesa puso a funcionar el torno inutilizado durante muchos años. Selló los huecos de los tabiques y condenó las puertas laterales que daban a la calle. Mandó llamar para que instalaran la celosía del locutorio y para que soldaran la reja que daba acceso al jardín del Palacio de Oca.

–¿Alguna quiere marcharse?

–Ninguna.

Finalmente, con una llave que se metió en el bolsillo, cerró a cal y canto la puerta principal.

Todas quedamos dentro.

Para sosegar los ánimos, algunas propusimos ir al huerto y sacar la carretilla con las herramientas.

–No hay estrellas –dijo una de nosotras.

–No importa –contestó otra, y añadió–: Imbécil.

Bajo la lluvia, quedamos de pie, inmóviles frente a la mole del convento. Antes de comenzar a cavar, clavamos los ojos en el cielo: una de las cigüeñas de la torre trabajaba en su nido.

Llevadas por el mismo impulso lento y estúpido de transportar ramitas (¿por qué sale la cigüeña si es de noche?, preguntó la Niña Tuerta), nos pusimos a trabajar. Arrancamos los hierbajos y las flores que cubrían el hoyo y los arrastramos hasta un rincón de la huerta; con la pala sacamos la tierra. A veces avanzábamos encorvadas, y a veces nos arrodillábamos entre los surcos y nos movíamos de rodillas sobre la tierra, como unas penitentes. La irritación se mascaba en el ambiente y algunas no podíamos evitar darnos codazos o pequeños empujones. Sor María de las Piedras miraba fijamente al suelo. Decía: Pobrecitos niños, ahora pobrecitos.

La hierba nos hacía cosquillas (en el coño, pensamos todas, aunque nadie se atrevió a decirlo).

Cavamos con fervor, abalanzándonos sobre la pala como si fuera un enemigo, el cuerpo tembloroso y los músculos en tensión. Sacamos tanta tierra que una de nosotras, la Monja Extraordinaria que era la más voluminosa, ya cabía en el agujero. Saltó hasta el fondo y dijo: Mide un metro de profundidad y cuarenta centímetros de diámetro y tiene capacidad para ciento sesenta litros. Ya está todo preparado para empezar a cavar a lo largo. Doscientos metros y desembocaremos a la altura del palacio.

–Bien –dijimos las otras–. Muy bien, ya va quedando menos.

Allí abajo, esa monja bruta palpó la tierra, las vísceras pardas de la tierra.

–Madrecita –dijimos al final del día, al encontrar a la abadesa cosiendo en la sala de estudio, inexplicablemente lúcida y tranquila para lo que había ocurrido aquel día. Acababa de enhebrar la aguja para coser el luto–, ¿por qué es el sexo una cosquilla?

La abadesa contuvo el aire. Clavó la aguja en el paño y se puso a dar puntadas sin contestar.

–¿Y esa cosquilla... –preguntamos entonces– tiene algo que ver con el *abismo oscuro de la libertad?*

Dejó de coser. Nos miró fijamente a través de sus lentes. Dijo:

–La libertad, niñas mías, también es una cosquilla.

Esa noche, como la mayoría de las noches que siguieron a la clausura del convento, la abadesa Violante no pudo dormir. Estuvo rezando sola en la sala capitular, las manos apretadas contra los oídos (porque sin duda debía de sentir la cosquilla, o tal vez tuviera *perros* taladrándole la cabeza), hasta que decidió irse a leer a la biblioteca. Tampoco nosotras pegamos ojo. Sor María de las Piedras no paraba de lamentarse. Decía: ¿Y ahora qué será de mis niños?

Muy lentamente, las demás fuimos hasta la celda prioral para practicar el ejercicio de la imitación. Este ejercicio, que practicamos siempre que las circunstancias lo permiten, consiste en lo siguiente: una vez en la celda, nos desplazamos de un lado a otro en masa, como un enjambre de abejas movido por una sola voluntad. Por fin quedamos inmóviles, partidas en dos grupos iguales situados a un extremo y otro de la estancia. Una monja cualquiera encabeza uno de los grupos. Se pone una saya de la abadesa, ocupa el sillón de terciopelo y comienza a juguetear con las ampollas del aparador, con los frascos de vidrio y con la peineta desdentada de plata, empina la botella de vino y hace que bebe, se pone el escapulario de marfil, posa las manos en el clavecín y toca unos arpegios.

A continuación, el grupo de la izquierda nombra a otra monja. En esta ocasión (el ejercicio tiene distintos personajes), esa monja recién nombrada decide ser un hombre conocido por todas. Así es que se viste un manto negro forrado de rojo sangre, se calza zapatos de hebilla, abre un libro, hace que estudia y permanece en pie.

Al cabo de un rato, aburridas, las monjas que encabezan los dos grupos suelen entablar una conversación.

En esa noche de clausura, brillaban las estrellas sobre la lenta huerta negra.

—¿Sabes quién soy yo? —saltó la de la izquierda.

—No tengo ni idea —contestó la de la derecha.

—Soy fray Mónico de Pliéyade.

Las monjas *éramos* el fraile, y no sólo el Mónico bribón, Mónico el desvergonzado e inconfundible, sino, según las circunstancias, Mónico el bondadoso, Mónico el sabio, ese Mónico que ha dedicado media vida, ¡media vida!, a descubrir *cierto* conocimiento de Dios por la vía de la razón natural.

—Y, entonces —exclamó, sorprendido, la monja de la izquierda—, ¡quién soy yo!

—¿Tú? Tú debes de ser la abadesa Violante, la vieja resentida que toca el clavecín y que cree que tiene perros en la cabeza, *perros gañéndole dentro.*

La monja de la izquierda se sentó, se quitó los zapatos de hebilla, apoyó los codos sobre la mesita de la esquina y se puso a estudiar. Llevada por ese quehacer, la otra monja comenzó a tocar el clavecín.

Pero al poco de empezar a interpretar el papel de abadesa, la monja de la derecha no tuvo más remedio que parar. Se llevó las manos a la cabeza: oía perros, perros de ojos amarillos refulgentes, ojos legañosos de perro legañoso *gañéndole en la cabeza.*

La monja de la izquierda, la que representaba a fray Mónico, suspendió momentáneamente el estudio y levantó la cabeza. Miró por la ventana. La celda prioral da al patio de los naranjos y los tilos, un lugar tranquilo donde solemos tomar el sol, bostezar, despiojarnos o jugar a la gallinita ciega. Pero ese día se había levantado viento. La monja observó cómo caían las hojas de uno de los árboles en la oscuridad, cómo se las llevaba el viento. Posó el dedo índice en el cristal de la ventana. Dijo:

–El tronco de ese árbol que está ahí fuera es el Rey. –Y añadió–: Y las hojas que se lleva el viento son las princesas pecadoras condenadas al infierno.

La monja que representaba a la abadesa se desplazó hasta la mesa de estudio. Dijo: El tronco *no* es Rey porque el Rey *no es* nadie.

Y añadió: Y pecar no es nada fácil. Para pecar hace falta ser libre, y, en realidad, ¿quién es libre? ¿Quién es capaz de decidir sobre su destino?

–Todos somos libres –le dijo la otra monja, la que representaba al vicario Mónico.

–¡Mentira! –gritó la otra–. Si usted fuera libre no estaría demostrando la existencia de Dios. Si usted hubiera sido capaz de decidir sobre su destino no habría venido a clausurar este convento. Si yo fuera libre no oiría perros que me *gañen* en la cabeza.

–Lo que oye usted no son perros –le dijo la monja que representaba al fraile, y se puso a leer. Añadió al cabo de un rato–: Y la clausura de este convento nada tiene que ver con la libertad.

A la monja que hacía de abadesa comenzaba a fastidiarle la insolencia de la otra. La miró atentamente, embozada en su larga y flotante túnica, la nariz larga y puntiaguda por cuyos orificios asomaban pelos negros, gruesos como las cuerdas de una viola di amore, los huesecillos de sus rodillas entrechocando libres bajo la mesa, reclinada sobre la mesa, buscando en las palabras lo que la vida no puede darle, o más bien, buscando en esas palabras lo que en la vida no sabe encontrar, construyendo mentalmente a un Dios que no existe pero que se hace sitio porque la existencia sin Dios sería absurda.

Esa misma monja comenzó a pensar que perfectamente podría hacer callar a la otra. Definitivamente, la irritación se había instalado en ella.

—Lo que oyes *no* son perros —volvió a decir el grupo de la izquierda.

Y que perfectamente podría prescindir de su presencia.

—Si no son perros, ¿qué es entonces?

Las monjas se aproximaron.

—El resentimiento —dijo una de ellas.

—Puta —dijo la otra.

A continuación, pelearon: se lanzaron los brazos, se arañaron, patalearon, lentas ahora, se tiraron de los pelos, se miraron atentas, se odiaron un rato, *monja resentida*, dijo una de ellas, *fraile ridículo*, qué ha venido usted a hacer a mi convento, dijo la otra.

Hartas de imitar al otro, las dos monjas lanzaron los hábitos al suelo y se abrazaron calurosamente.

—¡Atención, niñas! —dijo entonces la Negra Extraordinaria, la palma por detrás de la oreja—. Parece que es el marqués... ¡El marqués está gritando en el palacio!

Sin pensarlo dos veces, pisoteando los mantos arrojados al suelo, corrimos hasta el sobrado. Abrimos la ventana y nos pusimos a escuchar. Una vez más, el tono de la voz del marqués denotaba enfado.

Lo cierto es que, de un tiempo a aquella parte, don Íñigo de Grandes Rivadavía y Gato no andaba muy contento. En el fondo, aunque quería disimularlo, el vivir sin haber visto el brillo de los ojos de su esposa (ay, pero ¿qué es lo que habría descubierto el lacayo aquel día en la cocina que nosotras no alcanzamos a ver?) y sobre todo la incertidumbre de que ella *podía* no ser doncella, alteraban profundamente su ánimo. Por eso, para no dejarse llevar por la ansiedad –y mientras esperaba a que el vicario provincial diera permiso para que doña Hilda viniera al convento, ahora de clausura, a jurar su virginidad–, seguía consolándose con la cocinera, que, además de feliz y cariñosa, era una mujer pródiga en chismes.

Puesto que ya no se nos permitía salir ni ver a nadie –el doctor Ángelo da Pena era ahora el único autorizado a entrar en caso de enfermedad y, desgraciadamente, hacía bastante que no necesitábamos de su servicio–, para romper la monotonía cotidiana aprendimos a aguzar los oídos para reconocer ese momento del chocolate con picatostes. O, más bien, lo que reconocíamos eran todos los ruidos del palacio que cambiaban a lo largo del día y que iban encaminados a la merienda de amor y chocolate grueso grueso.

En las primeras horas del amanecer, justo cuando sor María buscaba piedras en el patio chico del convento, oíamos al lacayo Sebastián abriendo el portalón. Los goznes rezongaban y la madera de la tranca crepitaba pero él no podía ser más silencioso: todavía dentro, sus estornudos apenas levantaban ecos y era realmente difícil oír sus suspiros de hombre sobrio y resignado, seguir el tintineo de las llaves contra la cintura, o los pasitos enanos desde la puerta hasta el cobertizo donde guardaba los bártulos, desde el cobertizo hasta las zarzarrosas y las lilas, los limoneros y las basuras. Y, una vez entre los setos, el trajinar de las manos entre los papeles de periódico se confundía con otro ruido: el silbido de las ruedas de la bicicleta de la lechera (que era como el zumbar de las hormigas voladoras que preceden a la tormenta), y su canturreo redomado, que venía a traer la leche (y la mañana) en una alcuza. Y entonces la cocinera:

–¡Buenos días, lechera!

Y la lechera:

—¡Buenos días, cocinera!

Sabíamos que era la hora de dejar de rezar y mientras subíamos la enrevesada escalera hasta el sobrado, pensábamos que hay algo en la vida rutinaria que resulta mortalmente atractivo, oh, sí. Nos llegaba entonces el bullicio de la servidumbre, la plata topando con la plata al ser limpiada, el sacudir infame de las alfombras sobre la baranda del balcón principal con palos de palmas trenzadas y el hervidero de palabras que, desde nuestro puesto de observación, rescatábamos del viento. Un poquito más tarde, después de haber cantado las vísperas en el coro y de haber hecho nuestro examen de conciencia, justo cuando nos sentábamos a comer nuestro humilde almuerzo en el refectorio (lentejas con piedras, un mendrugo de pan y agua con unas gotitas de limón para espantar la diarrea), subía un entrechocar de ollas que se metía por la ventana y se mezclaba con la voz de la monjita encargada de la lectura del Evangelio. Y cuando la comida estaba lista sobre la mesa de palacio, el tintineo de los cubiertos contra el plato y el sorber de la sopa, oh, sí, y hasta la masticación de los marqueses.

Por la tarde, los ruidos se alargaban como las horas, se tornaban misteriosos (una puerta que golpea, ¿dónde?). Sólo, desde los establos, algún mugido de vaca en celo, o a lo lejos, en el prado vasto, las ovejas que cantan como mujeres. Y entonces llegaba el murmullo de la cocinera, el aceite listo para los picatostes,

y nosotras subíamos de la mano hasta el sobrado.

Desde la ventana veíamos al marqués besando a su esposa, que quedaba bordando en la alcoba junto a la nodriza dormida. Descendía la escalera con la espalda rígida, la frente estrecha y noble, los ojos redondos, pisando los escalones con decisión: dos, cuatro, seis, buscando apoyo con una mano en la barandilla, y se introducía en la cocina.

Con los días, don Íñigo de Grandes fue haciendo algo más que mojar picatostes en el chocolate. Después de varias visitas, nos percatamos de que no sólo había tomado posesión de los infranqueables dominios de la cocinera, sino que también seguía los pasos de su abuelo: ¡él también hundía el rostro entre los pechos colosales de la mujer! Aquí dentro, le decía ella cogiéndole del pescuezo y aplastándole contra sí, nunca se sentirá usted solo. Y añadía: Porque hay momentos en que la carne soporta mal la soledad.

Pero eso no era todo. La hora de la merienda terminaba siendo un escándalo de risas y platos rotos, de muebles derrumbados. Después de comprobar que, a esas horas, la carne ya no estaba sola, don Íñigo y la cocinera se perseguían por los ámbitos de la cocina. El juego consistía en que él la despojaba de su mandil y sus faldas y la convertía en marquesa. Durante casi una hora corrían del fregadero a la alacena, y de la alacena a los fuegos, interponiéndose sillas, balanzas y hasta tetas, lanzándose cajones y frutas, encaramándose a la mesa para gritar. Cada vez que el marqués conseguía atraparla, le quitaba una prenda. Así hasta que ella quedaba completamente desnuda. Hasta que ambos caían al suelo extenuados.

Un día más tranquilo en que la cocinera desenvainaba guisantes, el marqués quiso averiguar algo sobre nosotras.

–Y dime, cocinerita –dijo–, qué es lo que hacen las monjas al atardecer que salís todas las criadas a chillar por la ventana.

La cocinera se llevó un guisante a la boca y extravió la vista en la ventana. Al rato se volvió, avanzó con pasos mecánicos hasta la silla y se sentó. Dijo (y ni siquiera le cambió el aliento): Las monjitas hacen *cosas*.

–¡Cosas! –se carcajeó él–. ¡Últimamente todo el mundo hace *cosas!*

Pero la cocinera se puso muy seria: Oh, no, señor..., y le

susurró al oído: Si se refiere a las cosas de su lacayo, esto es muy distinto. Ellas llevan haciendo *cosas* hace mucho tiempo. Todas las noches salen al atardecer con el pico y con la pala, rezan un padrenuestro mirando al suelo, escarban la tierra y entonces..., hizo una pausa, dirigió el bagazo del guisante con la lengua y meneó la cabeza a un lado y a otro: Ay, Dios mío, *cosas*. Si se entera de eso el vicario provincial, acabará por poner cerrojos en las celdas...

–¿Qué tipo de cosas? –preguntó el marqués, muy intrigado.

Pero la cocinera no contestó. Se acercó a él y le hundió una mano en la mata de pelo.

–Qué tipejo ese el vicario..., ¿cómo se llama? ¿Fray Mónico? Lo vi cuando llegaba al convento rodeado de sus hombres... –La cocinera atrapó un bucle del marqués–. Dicen que ha dedicado toda su vida a investigar mamarrachadas tales como la reproducción de las ranas o la existencia de Dios. –Estiró del bucle y esperó el comentario.

No lo tuvo. El marqués miraba embobado hacia su escote, incapaz de proferir una sola palabra. Entonces ella, para sacarlo del aturdimiento, le pasó el brazo por detrás del cuello. Murmuró:

–Cuando en realidad, Dios y las ranas no necesitan de ninguna aclaración. –Se levantó y avanzó hasta los fuegos–. Las ranas se reproducen sin que nadie las investigue y Dios *es* lo que la gente *quiera* que sea y ya está, ¿de dónde sale ese fray Mónico?

Fue en esa ocasión (o quizá en otra parecida) cuando tuvimos las primeras noticias sobre el vicario. El marqués contó a la cocinera que había oído en alguna reunión familiar que fray Mónico de Pliéyade, ahí donde se le veía, no había sido fraile toda la vida. Que había viajado por el mundo entero, buscando a un rey.

–¿Buscando a un rey? –preguntó la cocinera fascinada, la mano en el pecho.

—A un rey —contestó don Íñigo, llevándose un picatoste a la boca.

Además, se sabía de fray Mónico que, una vez ingresado en la orden, después de mucho estudiar y meditar, había conseguido explicar maravillas acerca de la naturaleza animal, vegetal y hasta divina, cosas que habían dejado boquiabierta a la comunidad religiosa. Tenía, por ejemplo, una refinadísima clasificación de los animales: los de pluma, los de pelo, los de piel y los de lágrima. A estos últimos, además de *algunos hombres*, pertenecía el elefante puesto que, según él, este animal tenía la capacidad de llorar por dolor o sufrimiento. Incluso había escrito un tratado en el que se hablaba de la reproducción y la lucha por la existencia.

—Años después —añadió el marqués, limpiándose el azúcar del picatoste con la manga— tuvo que retractarse sobre una de sus teorías más ácidas y atrevidas: la de que la única misión que tiene el individuo en esta vida es crecer y alcanzar la madurez sexual y reproducirse para continuar la especie.

Al decir esto, el marqués se detuvo. De pronto, se echó a reír. Rió a carcajada limpia durante un rato.

—Es decir —dijo cuando consiguió serenarse— que el que pasa por la vida como él, buscando reyes perdidos y estudiando los elefantes y las ranas sin acordarse de tener hijos, es un completo inútil.

Desde nuestro convento, no sólo nos interesaba estar atentas a la merienda sino que todavía había otro momento que también nos interesaba. Se trataba de la cena en palacio. Sabíamos que sólo después de que todos hubiesen cenado copiosamente (incluidos criados, perros y gatos), si sobraba algo de comida, la cocinera la metería en una cesta y vendría a dejárnoslo en el torno, ¡oh, cómo ansiábamos ese momento! El chirrido de la puerta del palacio, el arrastrarse de la cocinera atravesando el jardín (imaginábamos el temblor de sus nalgas al andar), el olor de las viandas envueltas, el grito estrepitoso: Eh, monjas de mala ralea, girad el torno, que os traigo unos trozos de cordero asado y unas frutas escarchadas, todavía hay alguien que tiene corazón,

y nosotras, las veintitantas sin apenas respirar, locas de codicia, aplastadas contra el tambor:

—Esperad, no os precipitéis, no os mostréis ansiosas, dejad que llame de nuevo,

y:

—Eh, monjas, ¿es que no queréis comer?

Escuchar, oler, esperar y girar el torno. Hacer girar el torno y pararlo de golpe. Y las piernas de cordero asado, ¡oh, bendito sea el Señor!, los racimos de uvas y las frutas glaseadas, los trocitos de galletas que iban a parar a nuestras manos.

Pero cuando llegó la época de las meriendas en compañía del marqués, a la cocinera empezó a faltarle el tiempo para venir hasta el convento. Nuestro único consuelo era que algún niño pasara por la ventana, porque entonces ella le pedía que cogiera el paquetito con la comida y que lo dejase en el torno de las monjitas.

Un poco más tarde, justo antes de acostarnos, ¡ay la noche!, el tiempo quedaba en una extraña suspensión. Cada hora, cada minuto, cada segundo, al no *volcarse* en un sonido concreto, al no traducirse en un abrir de puertas, en un canturreo de lechera, en un bullicio infame de criadas o en un entrechocar de ollas, perdía su cadencia.

Y, sin embargo, había en la noche una mágica novedad: volvían las intrigas.

Todas las noches, justo dos semanas después de la boda de los marqueses (en concreto quedaban tres meses y dos días para que encontraran a la abadesa flotando en el río, boca arriba y con las florecidas moradas asomándole por las orejas), comenzamos a oír desde nuestra celda el mismo ruido. Alguien cerraba sigilosamente la puerta principal, atravesaba el jardín pegadito a la pared, lanzaba unas chinitas al agua del estanque que hacían plo plo, abría la reja y salía del palacio. A continuación, esos pasos se perdían por las callejas, cada vez más misteriosos y distantes.

¿De quién eran esos pasos? En época de clausura, la imaginación es lo que nos salva. De modo que una parte de la congregación estaba convencida de que eran del lacayo Sebastián.

Oh, sí, del lacayo Sebastián.

Lo imaginábamos acudiendo a una cita secreta –el quinqué bailando a un lado y a otro, los bolsillos atiborrados de papel–, una cita que tenía lugar en alguna casa de la ciudad. Pasaba directamente al dormitorio, se sentaba sobre la cama, se quitaba las botas y se tumbaba mirando al techo. Junto a la ventana lo esperaba una mujer que lo amaba de verdad: ¿era la nodriza de la marquesa?

–¿Te vio alguien?

–Nadie.

–¿Trajiste lo que te pedí?

–Lo traje.

En aquella pieza tenuamente iluminada, ella se desnudaba y se ponía de rodillas junto a él sobre la cama. O, mejor, él se desnudaba y se ponía de rodillas. Ella le bajaba los pantalones, le arrancaba la chaqueta. Revolvía en los bolsillos hasta encontrar las pelotas de papel. Las sacaba una a una, las escudriñaba con cuidado, y se las guardaba en el bolso.

–¿Estás seguro de que no te vieron?

Extendía sus piernas y brazos.

–Seguro.

Y ella (¿la nodriza de doña Hilda?) le besaba.

Pues bien, cuando practicábamos el ejercicio de la imitación en la celda prioral, unos gritos nos alertaron: ocurrió algo que sin duda acabaría trastocando las costumbres del palacio. Don Íñigo y la cocinera habían estado discutiendo parte de la tarde. Cuando el marqués entró en la cocina, el chocolate grueso y los picatostes no estaban sobre la mesa como de costumbre. Harta de que su relación no fuera más allá de una merienda y un corretear de aquí para allá derrumbando muebles por la cocina (¡ay, la pobre ilusa!), ella le acechaba desde un rincón pelando unas patatas que iba introduciendo en un cubo con agua. Quedó callada hasta que el marqués, terriblemente ofendido, prorrumpió en gritos. Eran los gritos que nos habían alertado:

–¡Su obligación, cocinera, es tenerme el chocolate preparado! ¿Puede saberse qué hace ahí, pelando patatas con cara de tonta?

La cocinera siguió muda. Se limitaba a seguir lanzando patatas al cubo con el gesto desencajado, los ojos duros, sintiendo sin mirar la presencia del hombre allí de pie, oliendo su ropa húmeda de campo y hombre, sintiéndole allí. Por su parte, el marqués gritaba con vehemencia gesticulando con los brazos en alto. Tanto gritaba, que el cristal de nuestra ventana llegó a retumbar. Hablaba de la holgazanería del servicio, de cómo uno le da una mano a una criada y, acto seguido, te agarra el brazo, como si todo estuviera resuelto, como si las distancias entre un marqués y una criada de repente, por haberle dado una mano, desaparecieran, del poco esmero que se pone en limpiar y cuidar el palacio, de las telarañas que se le enganchan en las calzas al bajar las escaleras, del polvo que vela las piezas de plata, del retraso a la hora de traerle el desayuno porque ellas, las putas doncellas, no se pueden levantar, ¡ja!, y ¿por qué?, porque no están a lo que están sino a lo que no tienen que estar, pero luego, a la hora de pedir, bien que piden, sí, bien que...

Al llegar a este punto, la cocinera se alzó. Se limpió las manos en el delantal y le miró con dureza.

–Marqués –dijo (y era como si no hubiera escuchado

nada de todo lo anterior)–, ¿cuándo le cuenta a usted a su esposa lo nuestro?

Don Íñigo quedó bloqueado.

–¿Lo... lo nuestro? –titubeó.

–Lo nuestro. Cuanto antes anule usted su matrimonio, mejor.

–Sí, claro –dijo el marqués sin encontrar mejores palabras.

–Su matrimonio *no consumado* –aclaró la cocinera.

–No consumado –repitió el marqués mecánicamente.

Sin más explicaciones, con una seriedad que no le era propia, la cocinera se quitó el delantal, lo arrojó al suelo, y salió por la puerta.

Entonces, probablemente por desesperación, o más bien por pura debilidad o confusión, a don Íñigo le dio por recordar los viejos tiempos de las mariposas. Subió hasta su alcoba, se enfundó las piernas en la licra de las medias y al rato salió al jardín con el cazamariposas.

Cuando, después de un rato, comprobó que la red estaba llena, se plantó ante el balcón de su esposa y soltó tres o cuatro mariposas. Comenzó a desgañitarse.

–¡Hilda Sarmiento! –gritó haciendo bocina con las manos–, ¡es que crees que me he olvidado de ti!, ¡sal al balcón, Hilda Sarmiento de Sotomayor! ¡Aunque no hayas jurado la virginidad eres mi esposa!

Al oír los gritos, la Negra Extraordinaria se puso a imitar al marqués desde el sobrado. Hizo una pila con las ollas, trepó con agilidad hasta la más alta, se colocó las faldas entre las piernas y comenzó a emular la voz.

–Hilda Sarmiento –gritó–, sal al balcón, cacho putón.

Y don Íñigo, el verdadero marqués, más fuerte aún, como haciendo eco de la imitación:

–¡Hilda Sarmiento!

Y la monja Extraordinaria:

–¡Sal al balcón, cacho putón!

Aguantamos la risa y volvimos a la labor.

Apenas veíamos en la oscuridad pero durante un largo rato cosíamos los hábitos que la abadesa nos había entregado. Sor Ambrosia y la Niña Tuerta, la Negra Extraordinaria y sor Pureza, sor Gaudencia y todas las demás. Hasta un total de veintitantas remendando los hábitos para el luto de alguien que sólo la superiora tenía en mente, en silencio, hasta que, por fin, la refinada y ardiente –y perversa– sor Gaudencia tuvo que sacar el tema de la marquesa. Dejó la costura a un lado, puso cara de asco, como oliendo lo que no olía. Dijo:

–Es francamente insoportable.

–¿El qué? –preguntamos las demás.

–El olor –dijo ella.

Quedó en silencio, señalando a la ventana con el mentón.

–¡No te andes con misterios, Gaudencia de las narices!

–El olor a caca –dijo ella por fin–, el olor a caca de vaca de la impostora.

Unas cuantas nos acercamos a la ventana. Allí estaba doña Hilda Sarmiento de Sotomayor, ahora marquesa de Grandes, apoyada en la baranda de piedra y mirando hacia el jardín. Realmente, no nos llegaba olor alguno.

–¡La cocinera tiene razón! ¡Ese matrimonio debería anularse!

A unos pocos metros, su esposo volvía a lanzar al aire la red, una y otra vez. Observamos cómo ella se incorporaba para ver mejor: un poco más allá, el lacayo Sebastián cuchicheaba con la nodriza que cogía flores junto al estanque. De vez en cuando reían y miraban hacia el balcón.

Por fin, el lacayo se introdujo entre los arbustos con sus bártulos. Durante un tiempo, el silencio era casi completo (sólo el bisbiseo de las hojas del periódico), el olor de las lilas emborrachaba de dulzor y parecía que una noche nueva brotaba entre las piedras. Pero entonces tuvimos un pálpito extraño: lo que ocurría aquel día era sólo el principio de un mal terrible que estaba a punto de acontecer.

—Ella tiene la culpa de muchas cosas —volvió a hablar sor Gaudencia. Nos miró a todas con aquella expresión suya de monja que no ha roto un plato en su vida—, me atrevería a decir que hasta tiene la culpa de que estemos encerradas en este convento.

La Negra Extraordinaria se alzó súbitamente.

—¡Eso no es cierto! —chilló, y añadió—: Eres una envidiosa, ¿es que quieres que el marqués se case con una cocinera?

—Sólo quiero que comprendáis —dijo ella— que esa mujer no nos interesa

Fuera, doña Hilda estaba atenta a los movimientos de los demás: primero a los de su esposo cazando mariposas bajo la luz de la luna, luego al lacayo que hacía cosas entre los setos y finalmente a la nodriza mientras cogía flores. Los miraba como si fueran demonios, atenta y pensativa. Por fin gritó:

—Acércate, Íñigo.

El marqués obedeció. Quedó justo debajo del balcón con la red en la mano (una nube de mariposas revoloteaba a su alrededor), mirando hacia arriba con la boca abierta.

—¿Tú me quieres?

Cerró la boca para volver a abrirla. En realidad, todavía pensaba en las palabras de la cocinera.

—¡Mucho!

—¿Y harías cualquier cosa por mí?

—¡Cualquier cosa!

Sin sospechar nada, el marqués volvió a la caza de mariposas mientras ella contemplaba un punto del paisaje. Al rato, volvió a llamarle:

—Íñigo.

—Hilda.

—¿Qué es lo que hace tu lacayo a estas horas entre los setos?

–Cosas.

–¿Qué cosas?

–No lo sé. Cosas.

–¿Tú crees que es un marrano?

–Es un marrano chocarrero –dijo el marqués, y prorrumpió en una carcajada ruidosa.

–Hazle venir.

Sin pensarlo dos veces y con afán de contentar, el marqués se abrió paso entre los setos, introdujo una mano, tanteó hasta encontrar la oreja del lacayo Sebastián y lo alzó como si fuera una liebre. Lo llevó hasta su esposa, que siguió dando órdenes desde arriba.

–Llévalo hasta el hórreo –chilló.

–Es tarde para ponerle a trabajar –dijo don Íñigo.

–No le haremos trabajar sino todo lo contrario –contestó ella.

Don Íñigo obedeció. Agarró al lacayo por la cintura de su pantalón ordinario (el pobrecito se encorvaba para recoger las pelotas que le caían de la chaqueta) y lo situó junto al hórreo.

Entonces doña Hilda ordenó algo.

Algo muy, muy cruel de lo que muy pronto se lamentarían todos.

Arremolinadas en torno a la imagen del Altísimo, las espaldas tiesas como estacas –algunas avivamos la esperanza de
que los niños enviados por la cocinera se acerquen a la puerta
a dejarnos algo de comer–, nos entretenemos cantando los
salmos. Decimos: *Pues tú, ¡oh, Dios!, nos has probado, nos has
probado como se prueba la plata.* Es un domingo lluvioso y sor
María de las Piedras da enormes cabezadas, pierde mucha
vida con los ojos cerrados, se apoya en los hombros de las
otras, da pequeños respingos, babea como una idiota. De
pronto, despierta. Interrumpe el salmo sesenta y seis para hablar con su compañera. Dice:

–Monja.

La que está a su lado deja de cantar. Con la resignación
de las bestias de tiro, inclina la cabeza para oír. Contesta:

–Qué tienes.

–Los niños, monja. ¿No los oyes?

Todos los días el mismo teatro: sor María nos pregunta
si oímos a los niños y nosotras le decimos que sí; sor María
nos dice que hay que tener cuidado para no pisarlos al caminar, y nosotras le decimos que sí, que mucho cuidado. Sor
María nos pregunta si anoche pasarían frío y nosotras le decimos que no, no te preocupes, no.

—Déjame escuchar bien..., a ver si oigo algo...

Aunque algún día (hoy es uno de ellos) alguna de nosotras se cansa de seguirle el juego.

—Eso que oyes, sor María, ¿no será el crujir de tus propios huesos que se empiezan a quebrar por dentro, de obsesionada y vieja que estás?

—¡Escúchalos, malnacida!

—¿No será la confusión del sueño? Te duermes, María, nunca has podido evitar dar cabezadas en los laudes, nunca tuviste vocación de monja porque en realidad eres una lavandera. ¿Cuántas horas has dormido esta noche? ¡Vamos a llamar al doctor Ángelo para que te vea, no puedes vivir alimentada con esa obsesión!

—Te digo que no es ni el sueño ni los huesos. Son sollozos. Sollozos que suben de la tierra, como burbujas calientes y enterradas en la tierra.

—¡No me asustes, lavandera!

—Sollozos de niño, de *niño enterrado* bajo la tierra.

—Maríía.

Sollozos formando un extraordinario concierto, explica sor María apretando los párpados, unos graves y otros agudos, gemidos, coros desesperados, risas estiradas que poco a poco se tornan llantos, roces, murmullos, gorgoteos que flotan a ras de tierra, voces que me llaman al amanecer, *ven, ven,* te digo que no es el sueño, ni la muerte pequeña, monja, ni el salmo sesenta y seis, sollozos que palpitan enérgicos bajo la delgada piel de la tierra o de la vida, ni el jodido salmo sesenta y seis,

Maríía,

y que me llaman, me dicen: *Sácame, sácame de aquí, por el amor de Dios,* pero inmediatamente son aplastados por el rastrillo y por la horca de labranza.

—No seas puta, María. Tú eres la única que se empeña en escuchar a esos *niños de piedra.* Ahora mismo llamamos al doctor.

—¡Monjas!

Desde el otro lado del claustro, se oye la voz de la abadesa.

Estamos sentadas sobre banquetas transportables que ocultamos bajo el hábito para descansar durante la oración. A través de la puerta abierta de la celda, nos ha oído discutir. Con un gesto de la mano, nos ordena acercarnos. Como sor María vuelve a dormirse, la Negra le ofrece amablemente su espalda: el hábito remangado hasta los muslos y rozando con la barbilla ese pelo esponjoso, María sobre Negra y Negra bajo María, un entuerto de monjas, recorren, recorremos todas juntas los pasadizos. Aunque lo hacemos en silencio, un enjambre de palabras (piedra, tierra, oh, Dios, hijos, sollozo, puta, María, vida) revolotea en nuestras cabezas, todas dirigidas a ti, sor María, porque, en realidad, nosotras, las demás, no hemos hecho nada y nos llaman por tu culpa. Abandonamos las banquetas y entramos de una en una (la Negra descabalga a sor María y ésta cae al suelo como un elefante) y nos disponemos en fila frente a la superiora.

En la celda prioral hay un olor infantil a pis y a leche que nos reconforta.

Las cositas de la abadesa que los visitadores no se llevaron están ahí. Cosas de vieja que también nos envuelven y nos hacen sentir bien, que nos sitúan en la niñez: las horquillas oxidadas, el acerico con las agujas y los alfileres, el peine de plata, la jarrita con el agua llena de burbujas, el vaso, la botellita con esencia de lavanda, un breviario..., pero nos irrita verla a ella. Las manos inmóviles junto al libro abierto y la botella casi vacía, el rostro levemente inclinado hacia las páginas, la superiora lee. Y viéndola ahí, tan pequeñita, apostada en un rincón de la celda con la mata de pelo a medio trenzar, pensamos que probablemente esa mujer, alguna vez, debió de tener una infancia. Pero ¿qué infancia pudo tener semejante monstruo? Levanta el rostro y nos recorre. No cae en la cuenta de que una de nosotras, sor María, duerme en el suelo frente a ella. Fija los ojos en la ventana, queda callada durante unos segundos, como pensando cuidadosamente lo que va a decir. Fuera ha dejado de llover y la mañana queda azul y pura, el cielo está surcado por un arco iris perfecto.

Agarra la botella por el cuello, extrae el corcho con los dientes, lo escupe al suelo y bebe con la vista fija en el paisaje.

–Ayer salí al huerto –dice. Hace una pausa y nos mira atentamente–: Hay ranas en la charca.

La Niña Tuerta abre mucho el ojo.

–¡Ranas, madrecita! –exclama–. ¿No serían renacuajos?

–Ranas –dice ella.

Sin pensarlo dos veces y sin pedir permiso, la Niña sale disparada al huerto.

Entonces cuando las demás esperamos una regañina descomunal, la superiora nos hace una pregunta extraña.

–Vivir –dice limpiándose el bozo con la manga sin dejar de mirar por la ventana–, ¿quién de vosotras me puede decir lo que significa vivir?

Nos damos de codos. Por unanimidad decidimos que sea sor María de las Piedras la que conteste. Al fin y al cabo, ella es la que ingresó más tarde en el convento y la que tiene más experiencia sobre la vida.

La sacudimos para que vuelva a despertar. Se levanta mecánicamente.

–Vivir... –farfulla–, creo que vivir significa ser esclavo, madrecita. Esclavo de tener que deshacerse continuamente de algo que en uno quiere morir.

–*Deshacerse de algo que en uno quiere morir*... –La abadesa repite, ahora reconcentrada en sí misma, una por una, las palabras que acaba de escuchar. Se incorpora, dirige una mirada inquisitiva a la que acaba de hablar–: ¡Qué has querido decir con eso, pelandusca!

Quedamos en silencio. Del patio de los naranjos llegan los crotoreos de las cigüeñas que han salido para alimentar a sus polluelos sobre la torre del palacio y el chapoteo de la Niña Tuerta buscando a sus ranas en la charca. Entonces, a sor María le salen unas palabras terribles:

—Quiero decir —dice— que vivir es un continuo luchar contra lo que se hace feo y viejo en cada uno de nosotros, porque... ¿quién, al mirarse en el espejo, admite la vejez o la fealdad, madrecita? —Y aún añade—: Dígame, si no, ¿por qué retiró usted todos los espejos?

La superiora se levanta súbitamente. Discurre por la celda con la botella. Bebe y se limpia el bigote. De pronto se vuelve hacia sor María. Su rostro se contrae.

—¡Loca! —le chilla—. ¡Tú eres una loca!

Al ver así a la abadesa, el pelo revuelto y la botella en la mano, a algunas nos entra una risita histérica.

—¡No riáis, idiotas! —nos chilla entonces—. Reír es malo. Dilata la órbita de los labios, contrae los músculos del cuello y os pone feas, comprime la masa intestinal, hace que se escapen las lágrimas y el pis. —Dirige la mirada hacia el resto—. ¡Y vosotras! —dice—. ¡Tiene razón el vicario! ¡No sois más que un estúpido rebaño de ovejas!

Queda jadeando por el esfuerzo, los ojos extraviados en el paisaje de la ventana. Después de un rato, evadida en la contemplación del arco iris, parece haberse sosegado.

—Sor María necesita un médico —decimos cuando vuelve a sentarse.

—¿Un médico? —pregunta ella—. ¿Le duelen las muelas?

—No duerme y dice disparates.

—¿No duerme y dice disparates *ella sola*?

—Ella sola.

Un poco más tranquila, la abadesa parece entrar en razón. Nos dice que, puesto que esta vez se trata de una *sola monja* la que está aquejada, y no la congregación entera, hará llamar al doctor. Pero que antes quiere que, libremente, contestemos a una pregunta.

147

Piensa durante un rato. Quiero comprobar si la libertad que os otorgué el día que clausuramos el convento os sirve de algo, quiero que me digáis..., quiero que, por ejemplo, me digáis, *una por una,* cuál es vuestro color favorito. ¿Color?, preguntamos. Color, dice ella. Inmediatamente hacemos un círculo y hundimos en él nuestra cabeza para reflexionar. De tanto en tanto la sacamos para mirar el arco iris a través de la ventana, comentando entre nosotras. Nos es realmente duro decidir por separado y ella espera pacientemente. El malva, decimos todas a un tiempo. ¿A todas el malva?, cacarea. Volvemos a hacer un círculo y meditamos un poco más. A todas el malva, le confirmamos. Eso es imposible, dice ella. Es imposible y altamente improbable que, de entre un grupo tan numeroso, ninguna sea capaz de optar por otro color. Dice: Monjas faltas de personalidad. Y añade: Rebaño de ovejas. No somos unas monjas faltas de nada, decimos nosotras, ni un rebaño tampoco. Simplemente seguimos una pulsión interior.

–La pulsión del hacinamiento de las ovejas –ríe ella.

Nos dice: ¿No os dais cuenta de que esa multitud en la que creéis sentiros tan protegidas anula las cualidades que tendríais que haber adquirido poco a poco, gracias a vuestro aprendizaje, gracias al esfuerzo increíble de ir construyendo una personalidad? ¿No os dais cuenta de que en el fondo estáis solas?

Nos pregunta: ¿A qué aspiráis?

Contestamos: Creemos aspirar a Dios, madrecita.

Entonces sor María explica que ella es la culpable, que ha tenido que interrumpir los laudes para atender a *sus hijos.*

–¿Hijos? –pregunta la abadesa.

En ese momento irrumpe en la estancia la Niña Tuerta. Tiene los dos puños cerrados y en su rostro se esboza una sonrisa amplia: los renacuajos se han convertido en ranas, aunque ha sido difícil encontrarlos porque ya no nadan juntos.

Al pensar en los renacuajos nadando por separado, sentimos un vago tremor de corazón.

148

—Ese afán vuestro de llegar a las cosas y a Dios a través de la *comunidad* empieza a cansarme –prosigue la abadesa–. ¿Es que no veis que Dios ya poco tiene que decir en este convento? ¡Se acabó! ¡Tira esas ranas por la ventana, Tuerta! ¡Que cada una de vosotras escoja *su* propio color! ¡Que cada monja escoja su propia vida y empiece a ser *la que tiene que ser!*

Las manos se abren y las ranas se escurren, saltan al suelo. La Tuerta abre la boca y gime. ¡No gimas!, le increpa la abadesa. Y le clava la mirada: Gemir no sirve de nada. El discurso de la abadesa empieza a incomodarnos. Somos una comunidad y, por encima, está ella. Ella es el coraje, la ponderación y el orden, la obligada referencia. Ella es el bien y el mal. Ella es el pecado. Y así vivimos, amparadas las unas en las otras, atolladas e irresolutas, sin tener que *pensarnos* porque está ella. Juntas y felices. Pero ahora, con sus palabras altamente desagradables, pretende arrojarnos de este tibio paraíso en el que no existe la decisión, ni la responsabilidad, ni el grave problema que conlleva el ser. Nos dice que seamos *una sola,* que no pensemos ni gimamos, y esas palabras nos recuerdan a las de la monja que quiso ingresar en nuestra comunidad, a aquella tonta descarada que quería tener un nombre. Oh, si pudiéramos hacerla callar...

—No gimas –vuelve a decirle a la Tuerta.

Una rana salta sobre el clavecín. Queda quieta, inflándose y desinflándose sobre las teclas nacaradas.

—El gemido no sirve de nada; está a mitad de camino entre el ser y el no ser. Sólo el dolor es positivo. ¡Que cada una cargue con sus sufrimientos como hago yo! ¡Os doy diez minutos!

Pero diez minutos para *ser la que tenemos que ser* y cargar con nuestros propios sufrimientos, por mucho que queramos, es poco.

La rana croa.

—No podemos, madrecita. Nos es absolutamente imposible desligar nuestra voluntad de la del grupo.

—Entonces —dice ella—, tendré que castigaros.

El castigo de la abadesa Violante consiste en hacernos reunir piedras. Nos dice: Por supuesto que ninguna está obligada. La que no quiera, no tiene por qué hacerlo. Otra vez, como cuando nos invitó a abandonar el convento, la elección duele y parte, y nos es más fácil no pensar. Nos es más fácil hacer lo que algunas ya han comenzado a hacer, es decir, acatar la orden. Además, pensamos, el tener todas las piedras juntas en un rincón nos interesa. Así, sor María no tendrá excusa para salir por las noches a buscar a *sus hijos* dispersos. Salimos precedidas por la abadesa. Tensa, elevada sobre nosotras, nos observa mientras trabajamos. Recogemos las piedras esparcidas por el huerto, las grandes y las pequeñas, hasta los guijarros sueltos, y las colocamos en un montón enorme. Ha desaparecido el arco iris y ahora el sol incide sobre nuestros cogotes. Sudamos como bestias. Cuando terminamos, la abadesa nos mira con satisfacción. Muy bien, dice, pero ahora volveréis a desperdigarlas.

—¿A desperdigarlas? —preguntamos.

—A desperdigarlas —dice ella sin dejar de sonreír—. Y cuando las hayáis desperdigado, las juntáis de nuevo.

—Muy bien —decimos.

Descolocamos las piedras, cada una vuelve a ser situada en su lugar remoto, los guijarros sueltos también. Luego las reunimos. Pasamos cuatro o cinco horas juntando y esparciendo piedras pero no nos importa.

Obedecer supone no pensar, flotar en las delicias del abandono. Obedecer es fácil: tan fácil como acumular rencor contra la persona que ordena ser obedecida,

tan sencillo y natural como odiar.

Temerosa de que su secreto corriera de boca en boca, de oído en oído, doña Hilda ordenó al marqués que encerrara a su estúpido lacayo en el hórreo.

En el hórreo donde había patatas con brotes malvas y ristras de chorizo.

El chorizo que muchas veces goteó rojo sobre las carnes de una moza de pueblo.

Las carnes suaves y rojas.

En el hórreo donde el abuelo había llorado como un niño.

A su criado más fiel.

El marqués dijo: El lacayo Sebastián es mi mejor amigo.

Doña Hilda Sarmiento de Sotomayor no soportaba que un lacayo, que además de ser inteligente conocía su secreto (¿pero cuál era su secreto?, nos repetíamos nosotras), fuera la compañía de su esposo. Por eso ordenó algo muy cruel. Le dijo a su esposo:

—Enciérralo en la oscuridad del hórreo hasta que él mismo pida a gritos marcharse del palacio y no volver nunca.

Y añadió:

—Y que no se lleve ni un solo pliego de papel de periódico.

Así se hizo. El mismísimo marqués le condujo de una oreja hasta el hórreo y le encerró. Y lo que es peor: en palacio nadie se quejó, ni un solo criado se molestó en pedir que lo sacaran. Tal es la vileza humana. Tal es la bajeza de los que, instalados en la comodidad de su egoísmo y su mediocridad, dan por bueno y justo lo que no les toca en las carnes. Durante dos semanas, tres veces al día, la cocinera abría la puerta y le introducía la comida. Media hora después de cada entrega, le retiraba los platos. Ni una sola vez abrió el lacayo la boca para pedir, ni siquiera tuvo la curiosidad de saber por cuánto tiempo y por qué estaba allí. Por mucho que nosotras nos empeñamos en escuchar, tampoco le oímos lamentarse ni maldecir a los marqueses. Estaba vivo pero de las ranuras del hórreo no salían ni dolores, ni fatigas, ni bellezas, ni alegrías, ni fracasos, ni violencias, ni necesidades, ni cenizas, ni un crujir de papeles de periódico,

ni siquiera odio.

Todo quedó dentro. O lo iba deglutiendo el lacayo, en silencio, junto a la otra comida que le entregaban tres veces al día.

Cuando la cocinera entraba en el comedor del palacio con la sopa, doña Hilda la miraba a los ojos:

—No me mientas —le decía—, ya han pasado diez días. Tiene que haber insinuado que le saquen de ahí, ningún ser humano soporta tantos días solo, en la seca oscuridad de un hórreo.

Y la cocinera, sirviendo la sopa:

—Ni se rebulle, doña Hilda, créame que ni se rebulle.

Al cabo de un mes, doña Hilda no tuvo más remedio que acceder a poner fin a su crueldad. Por un lado, aunque no se atrevían a decirle nada, notó que su nodriza y su suegra doña Brígida estaban molestas. Por otro, comprendió que su esposo era incapaz de manejarse sin los cuidados de su sirviente y que, si seguía así (mal vestido, levantándose a la hora de la siesta, todo el día poltrón y aturdido, sin afeitar y sin apenas comer), iba a volverse tarumba. El día en que dio orden de que se abriera, doña Hilda comprendió lo importante que de verdad era ese lacayo en el palacio. Doncellas, criados, cocinera, jardineros, incluso la lechera (que en realidad no tenía por qué estar allí porque ya había hecho la entrega de aquel día) se agolparon junto al hórreo para verlo salir. Como es lógico, también estaban allí la nodriza, doña Brígida y el marqués. Todos menos la marquesa, que no quiso estar presente. Nosotras, las monjitas, hicimos una torre humana para mirar desde la ventana del sobrado.

La cocinera fue la encargada de abrir la puerta del hórreo. Dijo:

—Tienes permiso para salir, lacayo.

En el interior seco y oscuro del hórreo no pasó nada. No salió ni un murmullo, ni un gorjeo, ni un suspiro de hombre. Las ristras de chorizos no se balancearon ni gotearon rojas, los ajos no se movieron. No pasó ni un ratón. Tan sólo se *intuía* el bulto del lacayo al fondo

(—Que salgas, te digo, lacayo),

frío, contra una de las paredes.

Nada.

Era como si se lo hubieran tragado las grietas de la piedra, o como si, en lugar de haberse secado el grano, se hubiera secado él. Ni un chirrido de ratón. Ni una mano temblorosa haciendo caer las vainas de maíz, ni una pierna derrumbando las salazones.

—Traedme mis bártulos —se oyó por fin.

Los de afuera no daban crédito a sus oídos, ¿cómo es que no salía corriendo?, ¿para qué pedía sus bártulos?, ¿qué iba a hacer ahora con su lámpara de carburo y su papel de periódico, y sus zarzarrosas, y sus lilas?, ¿para qué necesitaba sus limoneros y sus basuras si le acababan de decir que podía salir de allí?

—No quiero salir —se oyó entonces. Y después de una pausa—: Sólo quiero que me traigáis mayormente mis bártulos.

Resulta incomprensible: nosotras que morimos por vivir, por salir de este encierro que nos aplasta y nos tritura, que, para soportar el día a día, nos tenemos que *fabricar* un mundo (una ventana, pequeña y sin balcón) y hasta una identidad, que somos parásitas de los otros, de sus quehaceres, de sus sueños, de sus torpezas y pensamientos, que en el fondo pedimos a gritos que nos arrojen de nosotras mismas para ser alguien, y él, que vive para morir..., que no quiere responsabilidades, que escoge la oscuridad de un hórreo al abrigo de los vientos, que decide secarse como una mazorca de maíz, que decide destruirlo todo: su trabajo, su entorno, ¿sus pelotas de papel?

Sin duda que la ausencia del lacayo tenía una presencia: era un vacío, oh, sí. Un vacío en donde se precipitaba todo cuanto había en el contorno: las flores del jardín, las mariposas blancas, y aun los pájaros volaban presurosos en esa dirección.

Sin pensárselo dos veces, don Íñigo ordenó que le trajeran los bártulos. Al rato, volvieron las criadas con la lámpara de carburo y las hojas de periódico que metieron dentro.

—¡Sal, Sebastián! —gritó el marqués (y, que nosotras sepamos, era la primera vez que le llamaba por su nombre) al ver que el lacayo no reaccionaba ni con sus propios bártulos.

No hubo respuesta.

—Hemos sido muy crueles contigo pero ahora todo cambiará. Yo no quería encerrarte, ¿sabes?, es que... —El marqués se dirigió a la nodriza—: Dile algo tú, nodriza de las narices, siempre se ha llevado bien contigo.

Antes de que la nodriza comenzara a hablar, del fondo del hórreo, de allá donde estaba el bulto del hombre (hombre sobrio y resignado), comenzó a oírse un crujir de hojas de periódico, un leve roce de piel, uñas que se tocan, mano contra mano. Todos sonrieron porque el lacayo volvía a la tarea de hacer pelotas de papel.

–Te necesitamos –le gritó la nodriza–. Y yo, personalmente...

–Este papel no me sirve –gruñó el lacayo desde el fondo del hórreo, ajeno a todo sentimentalismo–. Es demasiado grueso.

Rápida como una centella, la misma criada de antes corrió hasta la cocina para buscar más papel. Volvió con el periódico de provincias que era el que le gustaba al lacayo, se introdujo en el hórreo y volvió a salir.

Durante un rato se oyó el trajinar habitual. Sebastián pasaba los dedos por las hojas y contaba: dos y dos, y ocho dieciséis, seis. Cuando hubo terminado, soltó un suspiro.

Un suspiro largo y tembloroso.

Entonces, todos (también las que mirábamos desde la ventana del convento) comprendimos que no había nada que hacer, que ya no habría nada ni nadie capaz de sacarle de allí.

Ahora, el lacayo estaba instalado en un lugar mucho mejor que las zarzarrosas y las lilas, los limoneros y las basuras.

Oh, sí.

La imaginación no tiene huesos: hacia donde uno se estira, se estira ella.

–¿Dónde estáis?
–Aquí, ¿dónde estáis vosotras?
–Aquí.
–¿Nos oís?
–Os oímos.

El tedio y la rabia producidos por el trabajo ejecutado una y otra vez nos han recalentado la sesera. La abadesa es una vieja y, con sus brotes de ira autoritaria, nos molesta y nos *estorba*, pensamos durante todo el tiempo que recogemos piedras.

Viejaza. Y volvemos a pensar: Eres una pura bruja.

Aunque ninguna de nosotras se ha atrevido a manifestarlo en voz alta. Nos estorba como una astilla que, clavada en la superficie de la piel del dedo, aunque nos permite trabajar, nos impide ejecutar ciertos movimientos con libertad. Nos estorba como también nos estorbó aquella vez la monja postulante, la que reclamaba su *individualidad* atreviéndose a reprocharnos que todas éramos iguales.

Nos estorba del mismo modo en que, desde poco después de su llegada al palacio, nos estorbó y nos estorba ahora doña Hilda.

Cae la noche y las monjas, en pares o en grupos, terminamos de transportar piedras.

Hace un rato que la superiora se metió en la biblioteca para leer. Pero, para variar, se ha quedado dormida sobre la mesa. Sus ronquidos son croar fragoso de rana, luciérnagas que se agitan en la oscuridad, aullidos de perro que llenan la noche. En la huerta, mientras transportábamos las piedras, nos dedicamos a insultarla. Dijimos: Que transporte más piedras su padre padrecito, si es que alguna vez ha sido hija. Y añadimos: Monja resentida. Luego nos limpiamos la frente sudorosa, nos pusimos la toca y corrimos hasta el final del pasadizo.

Hasta el final del pasadizo con ganas de matar.

Apoyadas contra la puerta de la biblioteca, comentamos entre nosotras: Las palabras, como la imaginación, no tienen huesos. Se retuercen hasta crear paisajes inhóspitos, bosques de espinas.

Desde bastante tiempo, ya antes de que se instaurara la clausura, la superiora Violante no ejerce debidamente su abadiato. Con esos brotes de autoritarismo, ya no es la monja resuelta y decidida de antes. Desde que nos hizo libres y nos dejó escoger, el convento es un barco que navega a la deriva y estamos de acuerdo en que no experimentamos ningún placer (sino, al contrario, un gran disgusto) en formar una comunidad cuando no existe una instancia superior capaz de *intimidarnos*. Porque la libertad lleva consigo una advertencia inevitable, lo mismo que la rosa lleva su perfume. Hace un rato que la superiora ronca y la Niña Tuerta interrumpe nuestra conversación porque piensa que ante una situación así lo propio es sentir pena.

—Yo *quiero* sentir pena.

Pena porque pena es lo que se debe sentir cuando somos

157

muchas contra una, pena porque, al fin y al cabo, la abadesa es una viejita atrapada entre las zarzas del resentimiento. Dice: Olvidáis que si no hubiera sido por ella, ya habría estallado la discordia entre nosotras.

Sor Gaudencia la rebate. El brazo levantado, los dedos bailando a la altura de la nariz filuda,

–Que no, Tuertiña, que no te enteras de nada,

le reprocha que la abadesa está para la protección de las más débiles, del rebaño, y yo no sé tú pero yo me siento desprotegida. Además le dice: ¿Tú realmente *sientes* pena o sólo *quieres* sentir pena?

–Es lo mismo.

–No tiene nada que ver.

Empujamos la puerta y entramos.

La biblioteca huele a moho y a papel mojado, y está oscura y silenciosa: sólo nuestras rodillas que entrechocan como las piernecitas de una muñeca de porcelana; sólo los ronquidos pedregosos.

Y el áspero sonido del silencio.

Nos decimos:

–¿Dónde estáis?

Contestamos:

–Aquí.

Palpando las estanterías repletas de libros, avanzamos hasta el centro de la estancia. Nos disponemos alrededor de la mesa de estudio, agarramos algo duro. Nos decimos:

–¿Qué agarráis?

Contestamos:

–Agarramos algo duro.

Agarramos el brazo huesudo de la abadesa y creemos que es un tronco de árbol, la mano con sus dedos frágiles, y creemos que son ramas, los pechos, y creemos que son los frutos que estallan como bombas blandas, el sexo húmedo, y estamos convencidas de que es un higo abierto, la fina piel de las piernas, largo y despacio: ahí están las dos raíces oscuras con sus ramificaciones simétricas.

La abadesa duerme,

y a pesar de que todas la tocamos, ninguna de nosotras la agarra por completo.

—¿Dónde estoy? —musita entre sueños.

—Está usted en el bosque —contestamos.

La gana de matar viene de repente, como un dolor de muelas, o una fiebre, amplia y sin objeto preciso, roja como un delirio. Abrimos los ojos y no hay nada a nuestro alrededor, sólo piedras y piedras, árboles sobre un suelo yermo, ¿un bosque? Una monja apunta al frente y dice: *¿Y si cortáramos ese árbol?* Está viejo, hace mucho que no florece y sus raíces chupan el agua que en realidad corresponde a los árboles más jóvenes, a los que todavía les falta mucho por medrar. A ninguna se le ha ocurrido antes: los árboles ancianos extienden sus raíces hasta el lugar que ocupan los más jóvenes, invadiéndolos, anulándolos con su presencia, *¿y si nos atreviéramos a cortar?*

Una, dos, siete, un escuadrón de monjas (yo también *quiero* sentir pena, dice una de nosotras, cualquiera). Un impulso extraño nos lleva a matar. La abadesa está tumbada sobre el escritorio de la biblioteca. Duerme, su pecho sube y baja, aunque su aliento ni siquiera roza el aire que nosotras respiramos. Le palpamos los brazos y las piernas. Le mesamos los cabellos. La observamos durante un rato. La odiamos. Monja vieja, le decimos, dinos algo.

En lo más oscuro de la noche, su silencio de árbol duele, y una de nosotras se prepara para cortar.

La gana de matar es delgada como un instinto y llega un día, de repente, sin saber cómo ha entrado. Salta como un tigre furioso, nos araña, aunque el zarpazo ya era nuestro, porque el *dolor es nuestro y de él no se deshace uno nunca.*

Una de nosotras agarra el cuello de la abadesa. En ese

instante, un brazo, una rama instintiva emerge de la oscuridad. Agarra la muñeca y lo aparta. Aparta el cuchillo. También aparta el cuerpo. Abadesa y monja ruedan por los suelos. Forcejean mecánicamente. Luchan sin un grito. Cuando terminan, se levantan. Se sacuden el polvo de los hábitos, se miran. Se sonríen vagamente.

La gana de matar, como el odio o el amor intenso, es frágil; se va tan pronto como llega.

–Tropezamos y caímos –dice la superiora mirando a la otra muy fijamente, los ojos anegados en lágrimas, planchándose la falda con la mano y colocándose el peinado–. Tropezamos y caímos. No pudo ser más que eso, ¿verdad, monjita?

Un flujo de sangre nos abrasa el rostro.

–No fue más que eso.

Amanece. Las cigüeñas caminan sobre el musgo de la torre del palacio. Rastrean los surcos de las lombrices, buscan plumas y excrementos, flecos de fregona, sarmientos y trocitos muy brillantes de papel para hacer el nido.

Apoyadas en el antepecho de la ventana, con los ojos clavados en el cielo que baja hacia nosotras, pensamos: Verdaderamente, hay días en que las cigüeñas relinchan como caballos.

La mañana se abre hermosa. Sin una sola nube y el sol que asoma por detrás del río. Desde la otra torre se acerca una cigüeña macho luciendo un rojo intenso en el pico. Vuela con las patas dobladas contra el buche, bate las alas, las encoge como si fueran hombros. Se posa. Observa el trajinar de las otras. Crotora. La vemos acercarse a una de las hembras con cautela. La picotea.

–La monta. Te apuesto.

–No.

–La monta.

Para detenerla bajo su cuerpo, la inmoviliza y picotea en el ojo y en el cuello. La monta, y pensamos: Ya hace más de seis meses que hacemos *cosas* en el jardín.

La monta abriendo sus alas enormes. Y sabemos esto: ya hace más de medio año, y ya es hora de que terminemos.

En ese momento, se abre una puerta con brusquedad: la superiora Violante sale al huerto con el peinado a medio hacer. Desde arriba la oímos arrancar las malas hierbas, comprobar que sus grandes bragas rosas no están secas en el tendedero, limpiar el cobertizo, plantar semillas de girasol, sacar agua del pozo y dirigirse al corral de las gallinas. Junto a ella, sor María busca piedras (ya hace muchos días que no duerme con nosotras), aunque ninguna parece notar la presencia de la otra.

La Niña Tuerta fija bien su ojo muerto en la ventana y poco a poco esboza una sonrisa fabulosa. Posa el dedo en la ventana y dice:

—¡Lleva las tetas al aire!, ¡la abadesa lleva las tetas al aire!

Nos agolpamos junto a la ventana para comprobarlo. Efectivamente, la abadesa lleva el hábito a medio subir, amarrado a la cintura y varias vendas sujetando las costillas, los viejos pechos al descubierto.

—Ahora la madrecita se agachará y recogerá los huevos —prosigue la Tuerta.

Con mucha dificultad, la abadesa se agacha y recoge los huevos: durante unos segundos, los pechos fláccidos se golpean. Algunos huevos se le caen aplastándose contra el suelo. Pero no le importa. Coloca los demás de uno en uno en un cartón, los tostados delante y los blanquitos detrás. A continuación empuña la carretilla y transita semidesnuda por la plantación de tomates. Los destroza sin inmutarse. Al cruzarse con sor María le sonríe y vuelve a entrar en el convento, las volandas de la túnica manchadas de yema y rojo. Al pasar por nuestra celda asoma la cabeza. Dice sin pensar, acomodándose sobre el hombro su trenza a medio hacer: ¿Habéis terminado de coser los hábitos? Nos incorporamos un poco: Hemos terminado, decimos. Sigue por el pasillo, farfullando hasta la sala capitular. Son para el luto, dice, y cierra la puerta. La vuelve a abrir: Para el luto de Dios, añade, y suelta una carcajada feliz. Da un nuevo portazo. Retorna a sus zapatillas, a sus bragas rosas, al crujido de los resortes de su catre, a su botella, a su pepita de limón.

Volvemos a sentir un vago tremor en el corazón.

Nos levantamos: dos, siete, veintitantas (a Sor María ya no la contamos porque pasa noche y día en la huerta), hoy relinchan las cigüeñas y es un día de ésos, y hemos trabajado durante más de seis meses en nuestro agujero del jardín y no nos da la gana de rezar. Poco a poco surgimos de la penumbra caminando muy despacio, monja cargada a lomo de monja como agua o leña, por pasadizos extraños y prolongados, celdas fresquitas y estrechas, la ropería con olor a noche y a sábanas, el refectorio inundado de luz y sopa, la huerta donde hay ranas y *cosas,* y hasta corazones de manzana roída. Atravesamos la biblioteca y llegamos hasta las otras, entre el tumulto nos buscamos y nos encontramos (somos algo que nos falta),

–¡Estáis aquí!,

ahí o allá, en la juntura de los muchos dedos, escaleras que no acaban y que suben y bajan, la tuerta, la niña, la refinada, dame la mano y agárrate al hueso, ¿seré yo la negra, o la vaga?, veintitantas figuras salidas de las sombras que avanzan para llegar al claustro (en realidad nunca llegamos un paso más de nosotras mismas), que murmuramos, que no somos nada y salimos, y nos sentamos en la baldosa, unas pegadas a otras y encima de otras, amontonadas como viejas o como ovejas, a pares o en grupos, monjas que se palpan, que se preguntan si son y sienten la espesura de la carne, creo que alguien dice:

162

–No somos nada ni nadie.

En círculo, nos sentamos por el suelo para conversar. Hace calor y fuera, desde el patio chico, vuelve a oírse el crotorar de las cigüeñas, esta vez mezclado con los arpegios del clavecín.

Algo nos incomoda.

Siempre hemos tenido un olfato muy agudo para la justicia, un órgano del bien y del mal, un germen de conciencia que nos avisa cuando mentimos, hurtamos, envidiamos o codiciamos. Pero ayer quisimos deshacernos de nuestra superiora (¿acaso quisimos matarla en el bosque?) y hoy no nos acompaña el menor sentimiento de culpa.

Alguien dice:

–Eso es debido a que sólo somos masa.

Una de nosotras se levanta. Exclama: Yo sé lo que nos falta. Corre por el pasillo, se mete en la celda prioral y sale arrastrando la túnica de la abadesa. Se la pone, se coloca en el centro del grupo. Se encorva un poco.

–Soy la superiora –dice poniendo voz de vieja–, y desde ahora daré sentido a vuestras vidas. ¡Arrepentíos, monjas de mala calaña!

–No sabemos –decimos entonces–. ¿Qué hay que hacer para arrepentirse?

–Sentir –dice ella, y nos clava la mirada–: Sentir la *tristeza*. Sentirla como un agua. Sin tristeza no hay culpa. Sin culpa no hay arrepentimiento.

–No podemos –le decimos las otras.

–Si os arrepentís, Dios os será propicio –dice ella.

–Dios ha muerto –le decimos las demás.

Algunas, las más débiles, comenzamos a gimotear: La *ausencia* de culpa es salada como las lágrimas.

Hay días en que las cigüeñas relinchan.

Días en que uno no siente las vísceras, ni los riñones, ni el hígado, ni la sangre caliente, días hermosos en que uno no pesa y por eso tiene que meterse en las carnes de otro.

163

Días en que nos invade una alegría delirante. Días en que uno dice bobadas y sale al patio aunque no haya estrellas.

Salimos al patio. Mientras unas cuantas limpian el pozo, destapamos el hoyo que ayer dejamos cubierto con plásticos y hojas secas. Junto a él, yacen ya oxidados los muebles que la abadesa arrojó por la ventana el día en que instauró la clausura: las sillas y la cama de hierro, la máquina de coser, el reclinatorio y los escañiles, los crucifijos y rosarios, los libros.

Sostenida por las otras, sor Pureza salta al agujero con una pala. Dos monjas de arriba la dejan bajar poco a poco, hasta que llega al fondo y desaparece. Durante un rato, hinca la pala para sacar la tierra. La tierra desprende un olor a orina y a hojarasca de chopo, y la monja trabaja con constancia. Dice:

–Hoy terminaremos nuestro agujero.

Desde la celda prioral llega entonces el sonido del clavecín y las que estamos arriba no podemos evitar ponernos a bailar. Giramos sobre nosotras mismas con los brazos en alto, estrellando los hábitos contra los muslos: la música sabe a almendra, a manzana y a trigo, y nos sitúa en un paisaje. Durante un rato, bailamos sin cesar.

La música no tiene huesos.

–¡No bailéis sin cesar! –grita sor Pureza desde el fondo del hoyo–. ¡Volved al trabajo!

Inmediatamente emprendemos la tarea. El pico se hunde; la pala arranca la tierra. Desde la torre del palacio nos miran las cigüeñas con los ojos guiñados al sol.

Durante toda la noche trabajamos sin descanso.

Al amanecer, justo en el momento en que, a través de la verja principal, junto a las flores ensortijadas, el doctor Ángelo da Pena grita soy el doctor Ángelo da Pena y estoy junto a las flores ensortijadas, ábranme, monjas, concluimos nuestro trabajo en el jardín. Durante más de seis meses, siempre observadas por las criadas de mala lengua y corazón, sacamos tierra mezclada con trozos de ladrillo y botella y piedras como huesos, sacamos muchas piedras de allí donde empieza el áspero mundo de la piedra.

Cavamos hondo y largo, a veces bajo la lluvia y con frío extremo, ceñidas por las tripas negras de la tierra, soportando los insultos agresivos de unas mujeres que en realidad nunca supieron lo que hacíamos, quitamos los guijarros blancos bajo la luz todavía dura del amanecer. Y esa actividad, que ahora casi vemos finalizada, es lo que nos ha mantenido vivas. Durante más de medio año, el trazar el recorrido de la galería (ahora podemos llamarlo galería, oh, sí, galería que nace en el convento y que atraviesa el jardín, que pasa por debajo de la tapia, de los matojos de lilas, del paseo de los tilos y del hórreo para llegar hasta la mismísima puerta del Palacio de Oca), el cavar bajo las estrellas titilantes del jardín, el sacar las piedras como patatas aún calientes, ha sido nuestra esperanza, nuestra verdadera oración.

Ahora hemos terminado y el doctor Ángelo da Pena dice ábranme, junto a las flores ensortijadas, hermanas, que hace calor, y nos asalta un sentimiento de vacío.

La abadesa sale al jardín, se abre paso entre nosotras con su andar menudo y elástico, rebusca en el bolsillo, saca la llave y abre.

—Pase, doctor —dice con una cordura inusual.

Porque lo cierto es que, ante la presencia del doctor, la abadesa se ha acostumbrado a sujetarse a sí misma en cada músculo, en cada palabra. ¡Si él alcanzara a verla mojando los dedos en la leche! ¡Si llegara a presenciar sus paseos por el jardín con la carretilla llena de cosas, o si, tal vez, viera el viento y las gallinas en la eternidad, y hasta los perros surcando los aires del convento! ¡Si la viera transitando por la huerta con los pechos al descubierto! Estamos seguras de que, sin más dilación, daría orden a la vicaría provincial de que la sacaran de aquí por demente. Y, sin embargo, es imposible: siempre que el doctor viene al convento, la superiora se muestra nítida y entera, dando incluso la impresión de que las únicas locas somos nosotras.

Escondemos las palas y los rastrillos. Tapamos la galería con los plásticos y nos situamos en la entrada para hacer los honores. Después de tanto tiempo de clausura, es realmente reconfortante ver una cara nueva, aunque sea la cara de sapo del doctor Ángelo.

—Parece que no falta actividad en este convento —dice echando un vistazo a la huerta. Con la vista recorre los muebles que la abadesa arrojó y que ahora están amontonados en un rincón, los tomates destrozados y las flores del arriate pisoteadas, la carretilla volcada, la tierra removida, nuestro agujero cubierto con los plásticos.

Entonces nos mira una sola vez.

Estamos dispuestas en hilera, los hábitos rasgados y embarrados, los pelos revueltos, las manos quietas –y negras– en el regazo, los rostros agotados por toda una noche de trabajo. Nos mira una sola vez, pero luego, cuando aparta la vista para dirigirse a la abadesa, sentimos que nos sigue mirando. Una mirada de párpados desafiantes, helada y persistente, y entonces comprendemos que es una mirada que alberga otras muchas cosas: compasión y rechazo, desprecio, y sobre todo disimulo, un lo sé todo sobre vosotras, monjas perversas, *yo lo sé todito,* claro, aunque de momento prefiera hacerme el tonto de capirote.

Sentimos una papilla espesa y pesada en el estómago.

–Tienen pinta de no haber dormido hoy, sus monjitas –le dice a la superiora–. ¿Qué les pasa?, ¿otra vez el dolor de muelas?

–Estas de aquí no tienen problema –contesta la abadesa–. La que no duerme es la monja María, y, precisamente, por eso le hemos llamado.

–Por supuesto –dice el doctor–. Hay monjas de todos los pelajes...

Y la flora estallando en el estómago.

–¡Niñas! –nos dice la superiora echando un vistazo al patio chico–. ¡Decidle a sor María que venga!

Corremos hasta sor María y la arrastramos del brazo para situarla frente al doctor.

–¿Qué es lo que te pasa, criatura de Dios, que no duermes? –pregunta éste.

Sor María mira a la abadesa buscando su propia respuesta.

–No duerme aunque... no sé exactamente. ¡Monjas! –dice la superiora dirigiéndose a nosotras–, ¿qué es lo que le pasa a sor María?

–No sólo habla constantemente de *sus hijos* sino que también los busca por el jardín –contestamos al unísono–. A todas horas, madrecita. Por eso no puede dormir.

Las cejas del doctor Da Pena viajan hasta el cogote de su cabeza.

—¿A *sus hijos?* —dice con un tono de burla, mirando a la abadesa.

—¿A *sus hijos?* —nos pregunta la abadesa.

—A los hijos que nunca tuvo ni tendrá —contestamos nosotras—. Y eso nos afecta, ¿sabe?, porque aquí somos todas una piña y cuando una tiene una ausencia...

Pasamos hasta la sala de estudio donde, con el fin de reconocerla, el doctor hace sentar a sor María. Nosotras quedamos detrás, listas para contestar cuando sea preciso.

—Bien —dice, siempre dirigiéndose a la abadesa—. Ahora dígame desde cuándo busca esta monja a... *sus hijos.*

La superiora nos mira de reojo dándonos permiso para contestar.

—Desde hace tiempo —decimos nosotras con la vista puesta en el suelo, la punta de los pies frotando la baldosa—. Años tal vez. Y dice que caen piedras del techo y que esas piedras son sus hijos.

El doctor vuelve a fulminarnos con esa mirada suya que todo lo abarca y nosotras intentamos sonreír pero no podemos, la carne misma se nos niega. Luego saca el estetoscopio de su maletín y le pide a sor María que se desnude la espalda.

—¿Qué se desnude? —pregunta la abadesa, alarmada.

—Que se desnude —dice el doctor con mucha calma.

Sor María se levanta y se vuelve hacia nosotras. Lanzándonos una sonrisita, se baja un poco el hábito.

—Dígale que un poco más —le dice el doctor a la abadesa—, así no alcanzo a ver más que un cuello de gallina ajada.

La monja se baja el hábito con decisión, hasta la cintura, pero a la abadesa le sale un aullido involuntario.

—¡De ninguna manera! —exclama volviendo a taparla—. Esto es un convento de monjas. La osculta usted con el hábito puesto.

Mientras escucha el respirar de sor María, el doctor pregunta si la historia de los *hijos perdidos que caen del cielo* ya empezó a manifestarse desde el momento en que la monja ingresó en el convento o si es más bien consecuencia de la vida conventual.

–No sea impertinente. Hágame el favor, doctor...

El doctor Ángelo mete el estetoscopio en la maleta y saca una libreta en la que apunta unas palabras ilegibles. Pregunta qué comemos últimamente.

–Últimamente... –dice ella, dándose cuenta de que no tiene ni idea–. Últimamente...

–Lentejas con piedras, un mendrugo de pan y agua con unas gotitas de limón para espantar la diarrea –nos apresuramos a decir nosotras.

–¡Atrevidas! –chilla entonces la abadesa–. ¡Hablad sólo cuando yo os lo indique!

Quedamos en silencio. El doctor Da Pena resopla y hace un nuevo apunte en su libreta.

–Doctor –pregunta la superiora, fingiendo estar muy afectada–. ¿Qué es lo que le ocurre a mi monjita?

El doctor posa la mano en la barbilla y simula meditar durante un rato.

–Puede ser que se trate de visiones tipo Hildegarda de Bingen –contesta con una media sonrisa, girando la cabeza hacia nosotras–. También se me ocurre que tal vez estemos ante una monja investida de éxtasis psicológico o histérico. –Hace un silencio para recorrernos con la vista una a una, de arriba abajo, y es una mirada tan penetrante que algunas somos incapaces de sostener la nuestra, debemos mirar al suelo, no pensar, frotar la baldosa con el pie y huir con el pensamiento, porque la papilla se espesa, es un ladrillo en el estómago–. También... se me ocurre que tal vez la monja haya comido demasiado..., empacho de lentejas, tal vez. Aunque..., bien pensado..., esa caída de piedras quizá tenga que ver con *la caída de los ángeles.*

Y la papilla ahí, mezclándose con las vísceras, como un empacho lento y amargo, como un fango pegado a los intestinos.

—¿Con la *caída de los ángeles?* —pregunta la abadesa con una admiración inocente.

El doctor Da Pena cierra la libreta de golpe y la mete en el maletín. Nos mira una vez más, aunque, de nuevo, se dirige a la abadesa.

—Cuando a causa de una lesión uno de los riñones deja de funcionar, ¿sabe qué ocurre con el otro?

—Doctor...

—Pues que aumenta su tamaño y duplica su trabajo. De ahora en adelante —añade con un tono desabrido, avanzando hacia la entrada— haga el favor de no llamarme por fruslerías como ésta —se detiene antes de salir, se palpa varias veces los bolsillos para comprobar que no le falta nada y tose varias veces antes de aclararse la voz— y, sobre todo, haga el favor de seguir este consejo que le doy: en lugar de llamarme cada vez que a sus monjitas se les ocurre que están aburridas, procure controlarlas, no vaya a ser que el riñón aumente de tamaño y que ocurran cosas como que empiezan a brotar, de entre las piedras, los hijos de sor María.

Al verlo salir dando manotazos a las flores ensortijadas, la frente fruncida y la índole mal dispuesta, nos ponemos en hilera. A una distancia prudencial, sonreímos para despedirle.

La Negra Extraordinaria saca un pañuelo y agita la mano.

—La madre que te parió —dice entre dientes.

—Gusano quisquilloso —dice la Niña Tuerta.

—Listillo —añade sor Pureza.

Sor Gaudencia observa en silencio.

—Pero no por mucho tiempo —dice. Corre hacia el hoyo recién terminado y levanta los plásticos que lo cubren. Echa un vistazo. Se arrodilla y palpa la tierra—. Desde ahora este hoyo es un túnel. O mejor dicho –sus ojos brillan de excitación–: una galería.

Algunas giramos sobre nosotras mismas y damos palmas de emoción.

–Para convertirlo en galería, todavía falta recubrir las paredes con un mortero de agua, arena y cal –se apresura a decirle la Tuerta.

–Se recubrirán –dice ella–. Y entonces una de nosotras se meterá dentro para hacer lo que tiene que hacer.

Desde el momento en que estuvo claro que el lacayo Sebastián no saldría del hórreo, un vacío y, por qué negarlo, la monotonía y la tristeza se instalaron en el Palacio de Oca. Y es que, día a día, sin que nadie se hubiera dado cuenta, con la paciencia y previsión de la hormiga, ese hombrecillo (y no el marqués, ni su ilustre esposa doña Juana Sarmiento de Sotomayor, ni la imponente doña Brígida de Bracamonte, ni las criadas fisgonas, ni la lechera, ni la nodriza anodina, ni la cocinera que espera sin sospechar nada), él, ese hombrecillo solapado y tenebroso que nunca buscó responsabilidades y que sólo parecía estar interesado en sus propios asuntos, había ido asumiendo un papel importantísimo, satisfaciendo con su sola presencia –y probablemente sin desearlo ni darse cuenta– muchas de las necesidades del palacio.

De modo que, al no oír sus suspiritos por la mañana, nadie se acordaba de levantarse. La cocinera no abría a la lechera, y ésta, viendo que su leche no era retirada de la puerta (día tras día, las moscas hervían en la nata), se cansó de hacer la entrega. Como no había desayuno que las sacara de la cama, doña Brígida y doña Hilda, vagas de condición, tampoco se molestaban en bajar. No se limpiaba la caoba de los muebles, ni se sacaba brillo a la plata de los candelabros y el relojito rococó se paró en la una menos veinte. Al no haber apenas actividad por parte de los señores, no había sábanas que lavar, ni alfombras que sacudir, ni patatas que pelar, ni intrigas que urdir (las criadas no corrían por el pasillo haciendo susurrar las faldas), ni risas solapadas, ni sueño que dormir en la escalera. Los rododendros y las parras se secaron, y de la gárgola del estanque dejó de manar agua. Las vacas y los caballos se apoltronaron en el establo. Los setos no se podaban y las cigüeñas no hacían sus nidos. Sin la presencia del hombre con el que, todas las tardes, paseaba y comía nísperos en el jardín, la nodriza quedó desolada. Hasta tal punto que decidió abandonar el palacio. El marqués empalmaba las noches con los días y el negocio familiar iba a la ruina.

Una tarde que, metidas como topos en el fondo del agujero, untábamos las paredes con una argamasa casera hecha de piedras, hojas y cal, oímos unas voces infantiles que llegaban del otro lado de la puerta principal.

Allí estaba la abadesa haciendo círculos con la carretilla.

Al acercarnos un poco más, vimos que sujetaba unos clavos entre los dientes, y sólo cuando nos vio muy cerca de la puerta, se detuvo. Alzó la cabeza, nos miró atentamente y nos preguntó si habíamos terminado de coser los hábitos para el luto.

—Es que alguien nos llama al otro lado del torno —dijimos echándole una ojeada más precisa. Y, realmente, al verla así de cerca, las greñas sueltas, el hábito a medio abrochar y una sola media puesta, las carnes de los brazos al descubierto, el escapulario enrollado por la cabeza, los clavos asomándole en la boca..., sentimos verdadera lástima.

Levantó las cejas y abrió mucho los ojos.

—Mis niñas, no giréis el torno —dijo, y se inclinó para colocar varias de las tablas de la carretilla y sacar la botella. Se sacó los clavos de la boca y echó un trago largo. Añadió sin mirarnos, limpiándose el bozo con la manga–: *Él* podría entrar; está deseándolo.

–¿*Él?* –preguntamos nosotras–. ¿Se refiere usted al doctor?

Desde la última visita del doctor Ángelo da Pena, y, sobre todo, desde que nos lanzó aquella mirada de lo-sé-todo-pero-de-momento-no-digo-nada, vivíamos con el temor de que pudiera denunciarnos a la vicaría provincial. Aunque, bien pensado, ¿denunciarnos por qué motivo?, ¿quién era él para poner en entredicho el comportamiento de unas pobres monjitas de clausura?

La abadesa dejó la botella en la carretilla, se metió los clavos en la boca y nos miró a los ojos. Susurró:

–Yo ya estoy tomando mis medidas.

Y desapareció renqueando por los pasadizos, la carretilla a rebosar.

Entonces volvimos a oír las voces infantiles. Voces pero también risas, risas por lo bajinis, y caímos en la cuenta de que, aunque fuera de hora, eran los niños enviados por la cocinera con cosas de comer.

Cuando la abadesa se introdujo en su celda, nos abalanzamos sobre el torno para hacerlo girar. Pero sor Pureza, la prudente sor Pureza, nos detuvo. Dijo:

–¡Esperad! Antes de abrir, escuchad atentamente, no vaya a ser que la abadesa tenga razón y sea *alguien* que no esperamos.

En ese momento, oímos un ruido que no nos era familiar. Algo como maullidos sofocados, ¿de gato?, pero inmediatamente pensamos que no podía ser, que no podíamos estar oyendo las mismas majaderías que nuestra superiora. Es el hambre, nos dijimos, que a veces, en lugar de producir alucinaciones y arrobos tipo Hildegarda de Bingen, como dice el doctor Ángelo da Pena, produce una acústica extraña, maullidos o *gañidos* y esas cosas.

—Ya podéis girar el torno, monjitas —dijeron los niños al otro lado de la puerta.

Sin pensarlo dos veces, giramos la rueda. Al hacernos con la cesta la destapamos con ilusión. Pero no nos encontramos con viandas sino con un bulto que se agitaba en una bolsa. Abrimos: un animal negro nos saltó a la cara.

—¡Engendro de satanás! —gritó la Negra Extraordinaria echándose para atrás—. ¡Corred hacia las celdas, que es el diablo!

Corrimos todo lo rápido que pudimos, empujándonos las unas a las otras y pisándonos las faldas, cayendo una y otra vez, mientras que, al otro lado del torno, se oían las risas y las mofas de los niños. Al llegar al otro lado del claustro nos detuvimos para tomar aliento. ¿Habéis rezado?, preguntó la abadesa desde su celda, al oír ruido, ajena a todo. La sangre nos batía en las sienes. Miramos hacia atrás. Sí, madrecita, hemos rezado ya, dijimos jadeando, aunque ella ya no estaba allí. De pronto, ante nuestros ojos se espesó el aire y surgió el animal: un gato grande como un cordero que nos miraba intensamente, negro y casi calvo, con el rabo erecto.

Los niños lo habían metido en lugar de los manjares de la cocinera y nos lo habían pasado a través del torno. El animal, más asustado que nosotras, despareció por los pasadizos, huyó con el rabo en alto por las azotehuelas.

Nos arrojamos al suelo. De rodillas rezamos todo lo que no habíamos rezado en muchos días, en meses.

Oímos entonces un martillear procedente de la celda prioral y nos acercamos hasta la puerta. De rodillas junto a la ventana, el hábito remangado por encima de las rodillas, los clavos entre los dientes, la abadesa clavaba las tablas que antes había transportado con una fuerza y destreza inusuales, el gesto loco y desmedido.

—¡Qué hace usted, madrecita!

—*Él* no entrará aquí.

En el refectorio, días más tarde, tampoco nosotras *le* dejamos entrar. Cambiamos el púlpito de sitio y lo apoyamos contra la puerta, a la altura del picaporte, y colocamos nuestros cuerpos para que *Él* no empuje.

Hay una monja elevada sobre el púlpito.

Interrumpe la lectura del Génesis y, mirándonos a las demás con cara misteriosa (en su sonrisa desdentada está todo lo parvo, ruin y fabuloso de las personas de su especie), dice: ¿Y si los *gañidos* que se empeña en oír la abadesa Violante tuvieran algo que ver con ese gato?

La monja de las piedras. O la Pura. O la Negra. O la Tuerta. O sor Gaudencia. O las veintitantas juntas, cualquiera puede haber hablado.

Pero nadie escucha a esa monja, y ella retoma la lectura con resignación. Sigue bien alto: *Y dijo la serpiente a la mujer, no, no moriréis.*

Estamos en el refectorio: la abadesa duerme derrumbada sobre la mesa, una mano por delante, débil, seca, larga: una mano que atrapa el pan. También hay una monja que lee sin ser escuchada.

Las demás comemos sopa y conspiramos.

Conspirar en la húmeda penumbra de un refectorio es

fácil, oh, sí. De momento basta con que haya alguien *contra quien* conspirar (alguien que duerma apoyado sobre una mesa) y otro alguien que se atreva a pronunciar la primera palabra. Después, durante muchos días, vendrá el silencio: el pernicioso, duro y agudo silencio de la conspiración.

Una de nosotras levanta la cabeza y saca las greñas de la sopa. Sorbe y dice:

—Tiene al demonio metido en la cabeza.

Lo cierto es que, desde hace tiempo (ya antes de que los niños nos metieran a aquel enorme gato en el torno del convento), la abadesa chochea durante prácticamente todo el día. En realidad, el gato es sólo una excusa. Lo vio por primera vez un día, mientras tocaba una sonata: negro con los ojos negros, lamiéndose la panza sobre la madera tibia y vibrante del clavecín, con toda la paz y el desprecio de este mundo. No dijo nada, sino que se limitó a seguir tocando con la espalda erguida, la trenza a un lado y a otro, y taconeando con el pie, repasando las teclas de seis en seis, y luego de diez en diez, mirando o pensando al animal (o midiéndole las fuerzas al enemigo), loca de inspiración. Cuando por la tarde una de nosotras le trajo su vasito de leche con galletas y le preguntó qué tal estaba, ella meneó la cabeza.

—Mal —contestó.

—Eso es debido a que tiene perros *gañéndole* en la cabeza —le dijo la monjita para seguirle la corriente.

—¿Perros? —le rebatió la superiora con una energía inusual—. Nunca fueron perros. —Metió los dedos en la leche en lugar de la galleta, se los llevó a la boca, y mordió. Susurró—: Ahora sé que *es un gato.*

¡Oh, pero la vida de los posesos describe siempre la misma trayectoria!: una subida brusca e impulsiva hacia una dirección fija que es siempre la superior, la música, la poesía, el infinito...

Después viene la caída.

—Monja —dijo entonces la abadesa. Miraba directo a los ojos pero tenía una expresión jocosa—, hoy estaban duras las galletas.

Perro o gato, pensamos, nos da igual: sólo nosotras sabemos que se trata del mismísimo diablo. Y tal vez ella cree que lo refrena condenando la ventana de su celda con clavos y tablas, con sus sonatas, con sus poesías místicas o con sus paseos por la huerta del convento...

En el refectorio, la monja que reparte la sopa deja la olla sobre la mesa. Busca las miradas de las otras y susurra:

—¿De qué nos sirve una abadesa que ha condenado su celda con tablas y que deambula con la carretilla por los pasillos?

Las demás nos rebullimos en nuestros asientos. Las palabras llegan cercanas, en hondas como el calor, y gemimos dulcemente.

Para llamar la atención, una segunda monja da unos toques con la cuchara en el plato.

—¡Atención! —dice—, ¿de qué nos sirve si ya no protege a las más débiles?

Llevada por ese impulso, una tercera se alza: ¿Y de qué nos sirve si anda desnuda por la huerta y ya no hace callar a las deslenguadas?

Y una cuarta se sube el hábito por encima de los muslos, se echa la toca por detrás del hombro y se encarama de un salto a la mesa: ¿Quién sofrenará las pasiones?

Y una quinta la acompaña: ¿Quién establecerá la distinción entre lo *mío* y lo *tuyo?*

Sin quererlo, estamos todas arriba: nos cogemos por los hombros, estiramos y doblamos las piernas, taconeamos sobre la mesa esquivando la vajilla. Conspiramos.

—¡Monjas diletantes! —oímos entonces.

Desde la esquina de la mesa, la superiora ha oído el taconeo y, entre sueños, parece regañarnos.

Inmediatamente volvemos a sentarnos. Más tranquilas, mientras hacemos circular la cestilla con el pan (la monja del púlpito sigue con su *es que sabe Dios que del día que de él comáis se os abrirán los ojos y seréis como Dios),* reflexionamos lo siguiente: cuando todas las monjas de un convento son contrarias y aborrecen a la abadesa, ésta debería tener motivos para sentirse amenazada en cualquier ocasión y por parte de cada una de las monjas: Pásame la sal. Entre cucharada y cucharada (la sopa está caliente y es preciso detenerse), una de nosotras pone un ejemplo: si uno planta, riega, abona y poda un limonero, conviene estar al acecho de que el otro, o las otras, con sus fuerzas unidas, no comiencen a robar los limones. Porque el hurto de los frutos lleva a la desposesión, y más tarde a la tala del limonero. Una de nosotras termina de hacer pelotas con la miga del pan. Vuelve a trepar a la mesa y lanza las pelotas al aire. Eleva los brazos y aúlla:

—¡Es el momento de talar el limonero! ¡Viva la conspiración!

Y otra, halándole de la manga para que baje:

—Espeeeeera, precipitada, espera un poco.

Hacemos circular la sal y la pimienta, ¿quieres vino?, oh, no, no quiero vino, ¿una croqueta o un poquito de jamón curado?, oh, no, tiene muy buena pinta, pero estoy francamente llena, muchas gracias de todos modos, tú sabes que. Lo cierto es que, desde hace bastante, nuestra madrecita Violante carece de la autoridad y del tacto juicioso que siempre la han caracterizado, hasta el punto de que, a veces, tenemos la sensación de que nuestro sistema moral se tambalea. El *sentido de comunidad,* el prurito del *orden* en que tanto confiamos se van al garete.

—Tenemos hambre y se van al garete —dice la monja que acaba de rechazar la comida que en realidad no existe.

Como es natural, llegados a este punto de la reflexión, quien más y quien menos, a todas nosotras (también a las menos ambiciosas, oh, no nos llevemos a engaño) se nos pasa por la cabeza (¿por qué no?) que podríamos *llegar a ser* la nueva abadesa. Sin embargo, sabemos que el único inconveniente para destituir a la abadesa y nombrar a una nueva es que el vicario, fray Mónico de Pliéyade, tiene que dar su autorización.

Ajena a estas disquisiciones, la abadesa levanta la cabeza.

–Aprovechad bien el pollo, mis niñas, y tened cuidado con los huesitos finos –nos dice, sin duda situándose en otra época, una época blanda y maternal en que, además de comer algo más que lentejas, teníamos el lujo de contar con una abadesa que nos advertía sobre las maldades del pollo–, agarrad los huesos con los dedos si es preciso.

–Y para que así sea –prosigue la otra monja, ignorando el comentario– alguien debería pedirle al fraile que viniera a hablar con nosotras.

–Eso está hecho –decimos las demás.

Sor Gaudencia toma entonces la palabra. Explica que, efectivamente, el hacer venir a fray Mónico es importante, y así se hará en cuanto se encuentre la oportunidad, no os apresuréis. Pero que, además, hay algo urgente que tenemos que resolver. Hace un silencio y nos recorre con la vista. Como sabéis, monjas mías, el doctor Ángelo da Pena ya no es el médico más indicado para visitar este convento. Como habréis observado, no le interesa la enfermedad sino más bien el cotilleo. Ahora, una de nosotras deberá encargarse de que no nos incordie más... Siempre fue un médico de confianza pero... últimamente no viene a sanarnos sino a espiar.

–¡Es un gusano!

–¡Un intruso!

Así es que, sigue explicando sor Gaudencia animada por la ovación, una de nosotras se levantará al amanecer. Sin despertar a nadie, se embadurnará los labios de carmín, se desenredará los cabellos, estrenará un mandil bordado a mano y una falda de género amarillo, sí, eso es, una falda como la de la lechera, se liará un chal a la cabeza y recorrerá, rápida y seca, la larga galería que hemos cavado en el jardín con la sola luz de una vela de sebo...

En ese momento, suena el aldabón de la puerta principal y sor Gaudencia tiene que interrumpir su discurso. Durante un rato nos miramos con una sonrisa de cómplices y un silencio glacial recorre el ámbito. Sin una señal previa, nos levantamos todas a un tiempo, nos dirigimos a la puerta, derrumbamos el púlpito y salimos. Corremos de la mano por los pasillos, si es preciiiiso, nos grita la abadesa desde su puesto, coged los huesos con la maniiiiita, y corremos y corremos (en el centro del claustro está el jardín lleno de sol y frutas), tropezando un poco, los ojos encendidos, bromeando y encontrando que, a veces, así, soñando la vida, monjas de verdad con una abadesa de verdad,

la vida es buena.

Pero al llegar al final de la galería todo es distinto y cruel: es un claustro marginal y fugitivo. Un claustro pasado en el que caminan unas monjas pasadas.

–¿Quién va? –decimos al llegar, y pensamos que el instante de felicidad en que esas monjas oyeron el aldabón de la puerta principal mientras la abadesa les daba instrucciones de cómo comer el pollo, ya nunca volverá a ser.

–Somos los marqueses de Grandes Ribadavía y Gato.

Sin soltar ni un solo gemido, subimos y bajamos los puños llenas de excitación.

–¿Y qué es lo que quieren ustedes? –preguntamos al unísono, pretendiendo no saber.

Desde el otro lado de la puerta, don Íñigo explica que viene acompañado de su esposa para tratar un asunto importante (¡como si no supiéramos qué es lo que tiene entre manos!), que ha conseguido permiso del vicario provincial para interrumpir la clausura durante unas horas y entrar en el convento, y que para ello necesita hablar con nuestra madre superiora.

Una de las nuestras, sor Pureza o sor Ambrosia, tal vez sea la Niña Tuerta, corre de nuevo hasta el refectorio para dar el aviso. Antes de llegar, se detiene junto a la puerta y observa. Durante un rato queda ahí, dura y quieta, se mete un segundo dentro y decide volver. Vuelve trotando y nos dice que la madre está roncando y que no se atreve a interrumpir el sueño, que tiene mucho miedo a recibir una reprimenda y que opina que lo mejor es abrir con toda libertad.

—Le he cogido la llave del bolsillo —dice.

Sin pensarlo dos veces, guiadas por un impulso de rebeldía, abrimos la puerta.

El aire fresco y el estallido de la luz del día nos hacen recular.

Embutido en sus calzas ridículas, vemos a don Íñigo que tuerce la cabeza a un lado y a otro. Su mirada es la de un loco idiota pero no puede evitar estar hermoso. Los ojos de un color indefinido, la nariz larga, los bucles cayéndole a la altura de los ojos, ¡oh, qué elegancia! Lo primero que pensamos es que el marqués viene solo. Pero inmediatamente nos damos cuenta de que no es así: la capucha sobre la cabeza, y rebulléndose como el gato que nos colaron a través del torno, doña Hilda cuelga del hombro de su esposo.

Pero antes de que los marqueses puedan entrar, surge por detrás de ellos y como una alucinación la cocinera. Tiene el gesto ríspido y severo, los brazos en jarras.

—Dígaselo —chilla dirigiéndose al marqués—. Díselo ya. Y que se enteren las monjas también.

—¿Decirle el qué, cocinerita? —dice el marqués volviéndose con indiferencia, sacudiéndose una mota de polvo de la chaqueta.

—Lo nuestro.

—¿Es que hay algo que sea *nuestro*?

A algunas de nosotras, sobre todo a sor Gaudencia, nos entra la gana de hablar, de decir a voz en grito, para que se entere doña Hilda, que su marido le ha estado engañando con la cocinera, que todas las tardes toman el chocolate grueso y algo más, que destrozan los muebles de la cocina, hasta terminar el uno montado sobre el otro. Todo eso queremos decir, y más cuando vemos que la cocinera acaba de caer en la cuenta de que todo era un engaño, y una lagrimita le cae por la mejilla, y luego otra hasta la boca. Ella, la inquebrantable cocinera que nos cuenta los chismes del palacio, arranca a llorar como una niña.

–¡Dígaselo! –acierta a decir entre hipos.

El marqués la aparta de un manotazo dejándola derribada en el suelo y a continuación entra en nuestro convento. Con mucha excitación y cuidado de no despertar a la abadesa, bordeamos el claustro (el claustro que desaparece a medida que lo recorremos, el claustro con columnas esculpidas, amplio, viejo y fabuloso, el claustro que no es claustro) conduciendo a los marqueses hasta una de las celdas. Por el camino explicamos (a través de la puerta cerrada, todavía oímos cómo la cocinera grita que lo matará, que esto no se le puede hacer a una mujer decente como ella y que jura por su madre que en paz descanse que en cuanto tenga oportunidad, lo matará) que es mejor no molestar a la superiora porque de un tiempo a esta parte anda algo trastornada oyendo perros en su cabeza y recogiendo cosas por el huerto. Explicamos que, de todas formas –y que Nuestro Señor nos perdone–, ella ya no tiene autoridad porque ha dejado de creer en Dios. Es más, añadimos con cierta excitación, según ella, *Dios tiene poco que decir en este convento*. Pese a la gravedad de nuestras palabras, don Íñigo no parece inmutarse. No hace más que mirar con cara de indignación a la Negra Extraordinaria que, tres veces más grande y gruesa, camina junto a él con gran desparpajo. Al llegar a la celda, el marqués arroja el bulto de su esposa sobre un catre.

–Hemos venido a que la marquesa jure su virginidad –dice.

–¿Su virginidad? –preguntamos fingiendo no saber nada del asunto.

Hacemos un círculo, hundimos las cabezas y comentamos entre nosotras.

–¿Es que acaso el matrimonio no se ha consumado todavía?

El marqués gira el cuello en un tic nervioso.

–Sí, es decir, no. No se ha consumado.

–En ese caso –le decimos–, la llevaremos a la celda de estudio. Hace falta una exploración.

Casi a empujones, metemos a doña Hilda en la celda de estudio, por aquí, reina, ven con nosotras por este pasadizo, verás qué fresquito es. Mientras tanto, don Íñigo pasea por el convento, sale al patio chico a tomar el sol o el viento, se pierde por las azotehuelas. Sentamos a la marquesa sobre un banquito de madera. Al vernos a todas, en dichosa fila, tan juntas y blancas y buenas, esperando a que empiece a hablar, tiembla. Le decimos que no se preocupe.

–No te preocupes, maja.

Que, por lo que a nosotras respecta, superará la prueba. Pero que queremos algo a cambio.

–¿Algo a cambio? –pregunta ella.

–Acércate, Hilda Sarmiento –le decimos haciéndole un ademán con el índice–. Acércate, que te lo vamos a contar.

–Si lo que queréis es arrancarme la capucha y ver mi rostro –dice–, eso no os lo voy a permitir.

Oh, no, reina, le decimos, y nos pegamos mucho a ella, no es eso. Lo que queremos (de pronto, un brazo de monja se separa del cuerpo y se posa en su hombro), lo que queremos es lo siguiente: cierto Mónico de Pliéyade, amigo de la familia de Grandes y amigo tuyo, debe volver a hacer una visita a este convento (y otra mano sale disparada y la agarra, tira y rasga el vestido; instintivamente, sus brazos en cruz protegen los senos). No lo hará si no es por un motivo importante, y, como es natural, nunca lo haría si es convocado por unas monjitas que han tenido que ser encerradas por su comportamiento poco decente (una tercera mano se posa en el capuchón que le esconde el rostro), ¿comprendes? ¿Ay, no lo comprendes, cariño? (La mano tira hacia arriba pero inmediatamente se encuentra impedida por otra mano, la mano de ella.) Verás. No llores, mujercita. (Una mano tira hacia arriba y otra, la suya, tira hacia abajo.) Tú no tienes que jurar nada ante nosotras. Tú eres virgen sólo con que nosotras lo decidamos ahora mismito. En cambio (ahora, mil manos se arrojan sobre su cuerpo tembloroso, la tocan, le soban los brazos, dejadme, malas monjas, las piernas, le arrancan el vestido, pero no consiguen quitarle el capuchón), si decidimos que no lo eres, ¡imagínate los problemas! Un esposo que no quiere saber nada de su mujer, una suegra que no ha conseguido la estabilidad que necesita para el marquesado..., una mujer que debe volver *al campo* porque..., ¿qué es lo que dices, reina? ¿Qué somos unas putas? ¿Que te devolvamos tu vestido piltrafoso? (Los brazos, las manos desisten, sienten desgana y se desprenden, caen inertes.) No nos importa que lo niegues, no, no. Ése es el trato. Tú nos traes a Fray Mónico y nosotras te hacemos virgen. Ahora, vuelve a tu convento.

—¡Y vístete, indecente!

Hoy es el día, y una de nosotras –lástima que sólo sea una–, ni baja, ni débil, ni pequeña, la que hunde las manos en la leche para hacer el queso, la que huele a queso amargo y es carne de convento, abrirá los ojos de golpe (a su lado, en ese clima atroz que preludia al amanecer, las otras se aferrarán a su porción de noche) y se levantará.

Sin despertar a nadie (así lo ordenó sor Gaudencia), se embadurnará los labios de carmín, se desenredará los cabellos (noche de pajas y alacranes mientras piensa), estrenará un mandil bordado a mano y una falda de género amarillo, se liará un chal a la cabeza y recorrerá la galería con la sola luz de una vela de sebo, rápida y seca, bordeará el claustro de puntillas, oirá el crepitar de los insectos en los zócalos de madera, el roncar silbante de sus compañeras, atravesará el patio chico, blanca entre las sombras, entrará en la cocina y buscará.

Vagamente algo.

Abrirá el cajoncito de la mesa y sacará un cuchillo, el más largo y afilado, el que la abadesa Violante usa para cortar membrillos. Cerciorándose de que nadie la vigila, lo envolverá en un trapo y lo introducirá en un bolsillo.

Se encaminará con el cuchillo hasta el jardín. Levantará

los plásticos que cubren la galería y se introducirá en el agujero. Por una vez y sin que sirva de ejemplo, desobedeciendo la orden de clausura, recorrerá la galería (gargantas de piedra flanqueadas por escarpadas paredes de piedra) hasta encontrarse en el jardín del palacio. Allí montará la bicicleta que la lechera deja atada a la verja.

Pedaleará por plazas y calles, un parque, una plaza, una ventana, alguien canta, lugar, calle, con el pelo al viento, alguien arroja los orines al amanecer. Se meterá en el camino sin asfaltar. Llegará hasta el río. Se bajará de la bicicleta.

Allí mismo, hincada de rodillas en la orilla, limpiará el cuchillo y lo enterrará.

El cuchillo limpio y enterrado, y sentirá eso de grato: tener limpio y escondido el cuchillo con el que todavía no ha matado.

En el crepúsculo atroz, brillará su traje amarillo y hará muy bien en pedalear dejando atrás una zanja abierta.

Otra noche vendrá lo peor.

Entramos en el ruido, no, salimos, dentro está silencioso, allá se escucha algo en la oscuridad, oídos que no tienen párpados, ramas que crujen, troncos, hojas, pájaros resbalosos que hurgan entre los matorrales, una falda que susurra, unas nalgas que la rozan, pasos abundantes y húmedos, es la cocinera, animales de lágrima, *elefantes que lloran,* el tintineo de unas copas, la cocinera que lleva la comida al lacayo, una puerta que se abre, una voz consoladora. Hay *reinas profundamente viudas,* reyes que esperan, frailes que irán a buscarlos, un viaje larguísimo al otro lado del mundo, pssss (¿pero cuál de los dos mundos?), cocineras que traen palabras y pan, queso, aceitunas, y pimientos de piquillo, pavo relleno, arroz con leche y un periódico.

–Le traigo comida y hojas de periódico para que se entretenga usted, lacayo Sebastián.

Una marquesa que es virgen solo con que nosotras lo queramos, perros que taladran la oscuridad, crotorar de cigüeña, animales de pelo, un ratón que camina por las cuerdas del clavecín, rrrre, nosotras, veintitantas monjas que no saben *quiénes* son,

¿*reinas?*

Un racimo humano (la negra sobre la chepa de la blanca, la Tuerta junto a la Niña, la noble pellizcando a la vulgar, la lampiña envidiando a la peluda y la peluda queriendo ser lampiña, la enana jugando a ser giganta porque ése es el destino de la humanidad), nos encaramamos para escuchar. La cocinera deja la comida junto a la puerta del hórreo. El lacayo pregunta qué día es hoy.

Pan queso aceitunas pimientos, hoy es jueves día nueve de milnovecientosamordeDios, pero, por Dios, cuándo saldrá usted de aquí, lacayo, fue sólo una broma de la marquesa, no tengo intención de salir, salimos del silencio, no, entramos, dentro estoy muy bien, no sea usted rencoroso, no soy rencoroso, ¿el periódico es de hoy?, niñas que sueñan con vestidos de novia y pechos crecidos, mujeres que quieren volver a ser niñas, *elefantes* que lloran, *renacuajos* que evolucionan, que *no eran* y que sin embargo *son* y *serán.*

–¿Si hoy es jueves el marqués habrá ido al convento de las monjas?

Una cocinera que se ahueca las faldas y se sienta junto a la puerta abierta para conversar. Una cocinera que dice:

–Hace días que nadie sabe nada del marqués. Del puto marqués.

Reinas que lloran o elefantes lejanos, cuentan que la reina (y esto se lo oyó la cocinera al marqués, y, a su vez, el marqués a doña Brígida) quedó viuda. Él, hombre de mucha confianza y estudio, fue el encargado de ir a buscar a un rey en tierras lejanas.

–¿Fray Mónico? –pregunta el lacayo con la boca pastosa de queso–. ¿El mismo vicario que dio la orden de clausurar el convento?

–El mismo –dice la cocinera trinchando el pavo relleno.

He aquí lo que averiguó la cocinera: fray Mónico, nacido en Pliéyade, tenía por entonces treinta y tres años. Era un hombre de índole recia y costumbres espartanas, duramente fustigado por su propia fuerza de voluntad. Acababa de ingresar en la orden y, aunque tenía una gran cultura (sobre todo zoológica), no había salido nunca del país. Durante todos esos años anteriores a su ingreso en el convento, aunque es seguro que se había dedicado al estudio y a la contemplación, nadie supo nunca qué había hecho exactamente, pero lo cierto es que se hizo fraile huyendo de algo, quizá una historia de amor. La reina viuda quería volver a casarse y él fue el escogido para ir a buscar a un rey. El viaje hasta tierras lejanas le dio la oportunidad de conocer los hábitos de las otras gentes, de entablar relaciones con otras órdenes y otros frailes (con quienes, por primera vez, tuvo la oportunidad de discutir *racionalmente* acerca de la existencia de Dios), de seguir estudiando y sobre todo de establecer su famosa clasificación de los animales. Dicen que en una de las ciudades por las que pasó, se topó con un circo deambulante que contaba con una veintena de animales guardados en jaulas: leones, jirafas, avestruces, cebras y un elefante. Le contaron que los elefantes nacen muertos; que las madres los despiertan con un mugido. Durante noches, observó al elefante del circo. Comprobó que lloraba, lloraba amargamente como los hombres, y esto le llevó a incluir un nuevo tipo en su clasificación: *animales de lágrima.*

–Yo también soy un animal de lágrima.

Fray Mónico prosiguió su viaje. Apenas comía, se bañaba en las aguas heladas de los lagos, no dormía. Los momentos que otros utilizaban para el reposo, él los dedicaba a rezar. Durante toda la noche, sobre todo al final de sus oraciones, chillaba sin poder contenerse (eran unos gritos desgarradores, parecidos al mugido con que el elefante era arrojado a la vida). Las noches eran un verdadero tormento para las personas alojadas junto a él. ¿Por qué chillaba así? ¿Qué angustia reprimían sus labios?

Después de mucho tiempo llegó a su destino (por el camino, en muchas ocasiones, se preguntó cómo sería el rey, aunque siempre quiso imaginarlo de una cándida hermosura, algo mayor y vestido de blanco). Por las calles, observó que la gente estaba triste, aunque pensó que podía ser cosa del carácter.

Cuando llegó a la corte, preguntó por el rey.

Le dijeron:

—Ya no pisa estas tierras.

Y él:

—¿Descuida los asuntos del reino?

Y ellos:

—No exactamente.

Y él:

—¿Ha tenido la osadía de huir?

Y ellos:

—Ha tenido la osadía de morir.

Aquella noche, tumbadas sobre los catres, entrelazamos los brazos en el cielo para describir la tristeza.

Una de nosotras se introducía en la galería con el cuchillo de cortar membrillos,

y soñábamos que éramos monjas.

Monjas buenas.

Unas cuantas miramos por la ventana; las demás zurcimos los hábitos (faltan treinta y cinco días para que encuentren a la abadesa flotando, rodeada de pétalos y plumas de ave, muerta sobre su túnica inflada y amarilla), y dos cigüeñas hacen círculos en el aire, blancas, y parecen buitres. Por la tapia, entre las espinas de las rosas (rosas cuya fragancia nos está prohibida), se deslizan las lagartijas. Una de nosotras dice (y parte el hilo de bordar con los dientes):

–Monja.

Y la otra le contesta:

–Qué.

Y la otra escupe el hilo:

–Nada.

Hace ya tiempo que nadie sabe nada de don Íñigo, concretamente se le perdió la pista el día en que él y su esposa vinieron al convento para que ella jurara su virginidad.

Después de llegar a un acuerdo con nosotras, la marquesa volvió al palacio sola, pensando que él ya estaría allí. Se desnudó en el dormitorio, se metió en la cama para ahuyentar el frío y, al ver que no llegaba, supuso que había salido a dar una vuelta. Se durmió imaginando –que no oyendo– el chapoteo de las pezuñas contra la piedra, el relinchar del caballo (o del esposo), los gritos espumosos al pie de la escalera de la entrada: Eh, eh, Hilda Sarrrr, Hilda Sarrrrmiento, ahora que eres doncella virgen, prepárate que voy, las risotadas de las criadas tumbadas sobre sus camitas de madera.

—Monja.

—Qué.

—Hace ya tiempo que nadie sabe nada de don Íñigo.

—Nada.

Don Íñigo no volvió aquella noche. Nadie supo nada más de él. Ni tan siquiera nosotras, que somos las más enteradas.

—Monja.

—¡Qué, mujeriña, qué!

—¿Tú te has fijado en sor María?

—¿Qué le pasa a sor María?

—Nada.

—¡Qué le pasa a sor María!

—Pues que tiene el rostro plácido.

—¡Y qué!

—Pues que ya no busca piedras.

Doña Brígida está empeñada en que la huida de su hijo se debe a la ausencia de Sebastián. Porque desde que el lacayo duerme entre ristras de maíz, se siente desorientado y no tiene a nadie que le entienda, nadie que le despierte a tortazo limpio, nadie que le traiga el desayuno a la cama y que le vista, nadie que le escuche.

Todos los días, la afligida doña Brígida se acerca al hórreo para hablar con el lacayo, sal de ahí, le dice, no sólo vas a enfermar sino que también vas a fermentar, te saldrán brotes malvas como a las patatas, te secarás como los embutidos y lo que es peor: acabarás oliendo a coliflor. No saldré, le contesta él, estoy muy bien aquí. A la que no parece importarle nada es a doña Hilda. Por las tardes se pinta las uñas estirando la pierna sobre la baranda del balcón (siempre refugiada en la oscuridad de la capucha) o cose en su alcoba junto a la nodriza. Sor Gaudencia –y que Dios la perdone por sus malos pensamientos– está convencida de que se ha quitado un peso de encima, que ahora es reina y señora.

–Pues te digo, monja, que si sor María ya no busca piedras, pues mejor.

Zurcimos los hábitos junto a la ventana y dos cigüeñas hacen círculos en el aire.

–No sé, monja, no sé.

–¿María está contenta?

–Parece que sí.

–Pues eso es lo principal.

Zurcimos los hábitos y oímos cómo abajo la abadesa Violante deambula buscando algo en la cocina. Dice (y camina ovillada y remota bajo el chal, con flores enredadas en los cabellos): Estoy convencida de que lo dejé aquí, sobre la encimera de mármol.

Sin dejar de remendar o de sorber la sopa de fideos, miramos al paisaje. Más allá de la torre del palacio, por el camino polvoriento y desnudo, a horcajadas de un asnillo chaparro y fino de cabos

(–¡Niñas!

Esta vez es la voz de la abadesa.

–¡Qué!

–¿Dónde está el cuchillo de cortar membrillos?),

hay un punto negro o un hombre. Un hombre que se aproxima hacia nuestro convento.

Un hombre rígido y dinámico.

Olor a hombre rígido y dinámico que nos acerca el viento. Hombre vestido de negro y recitando el contenido de un libro que sujeta abierto entre las manos grandes e inmóviles. Las piernas, arqueadas sobre la panza inflada del animal, llegan hasta el suelo, y todo él sube y baja, una y otra vez, como si al posar las nalgas en la silla le estuvieran aplicando todo el calor de los infiernos. Se aproxima lentamente –los zapatos de hebilla arrastrándose por el camino sin asfaltar–, y aunque vemos claramente el cuello largo y seco, la frente alta y vasta, los labios gruesos y ardientes, seguimos sin saber quién es. Llega a la puerta del convento y desmonta: la vista a un lado y a otro, parece algo desorientado, juega haciendo girar el torno, explora con curiosidad el letrero tallado en el pórtico de la entrada, por fin golpea el aldabón.

–¡Es él! –grita la Niña Tuerta, girando sobre sí misma de felicidad–. ¡El vicario provincial ha venido! ¡Doña Hilda ha hablado con él!

Soltamos las labores (las agujas hacen un ruido terrible al chocar con las baldosas) y corremos hacia la ventana: corremos como quien asesina. Justo debajo del sobrado, fray Mónico de Pliéyade se dispone a llamar a la puerta.

–¡Voy a avisar a la abadesa! –chilla la Niña.

Cuando la monja tuerta ya está en la escalera (tiene puesto el pie en el primer peldaño), la sujetamos por la manga. Sentimos excitación y miedo a la vez, una extraña sensación de agua que se escurre entre los dedos.

Posamos el dedo índice en los labios. El dedo índice que parte la boca en dos pedazos. El índice sabio y fisgón que hace callar y dice: Espera, veamos *qué es lo que se dicen cuando se las deja a solas.*

El vicario provincial espera al otro lado de la puerta mirando al cielo y retirándose con un pañuelo una masa viscosa: una de nosotras le acaba de lanzar por la ventana su ración de sopa, aunque él está convencido de que ha sido una cigüeña que se ha descargado sobre su coronilla. Desde arriba oímos a la abadesa transitar por el claustro, acercarse hasta el otro lado del torno para preguntar quién es.

–Soy el vicario provincial –dice él.

Hay un silencio prolongado. Desde la huerta llega el pipiar histérico de unos gorriones. Por fin la abadesa responde

(su voz tiene la calidad metálica del sonido del clavecín).
Dice:

–¿Fray Mónico de Pliéyade?

–El mismo.

La abadesa carraspea.

–¿Y qué demonios quiere usted, Mónico?

–Quiero que me dejes entrar.

Desde el otro lado del torno, la abadesa explica que eso, bajo una estricta orden de clausura (y la palabra *clausura* la desgrana con cierto retintín), es absolutamente imposible. También le dice que si no tiene inconveniente, tiene cosas más importantes que hacer. Cosas como desbrozar el jardín, rastrillar, trasplantar, echarles el pienso a las gallinas, recoger los huevos grandes como huevos prehistóricos y hacerlos pasaditos por agua, o cortar membrillos, que es lo que iba a hacer en este preciso instante. Porque hay gente que no tiene la suerte de poder estar todo el día investigando a los batracios, a los elefantes que lloran y a Dios por *la estúpida e inútil vía de la razón*.

Vuelve el silencio. Algunas de nosotras se mueren por hablar, reír, chillar las muy ratonas, bajar y abrir la puerta (¿cómo sabe ella que él sabe que los elefantes lloran?), pero las otras las contenemos. Nos llega entonces el crujido de la carretilla que se desplaza una vez más por el huerto, el cacareo infame de las gallinas, la respiración entrecortada y los huesos de la superiora cuando se inclina para recoger los huevos. Al cabo de un rato, la abadesa vuelve a acercarse a la puerta.

–¿Sigue usted ahí, Mónico?

Al oír la voz (el fraile está sentado a la sombra de un naranjo), se levanta rápidamente.

–Ábreme –exclama.

Hay un tiempo de espera. Por fin oímos cómo la abadesa se acerca hacia la entrada: saca la llave del bolsillo y abre.

Fraile y monja se escrutan en silencio.

–La razón se preocupa de que no nos timen –dice él.

–Y aun así –dice ella, invitándole a pasar con un gesto de la mano– vivimos en un timo perpetuo.

Caminan por el claustro, silenciosos, con la vista puesta en el suelo, despacio porque son viejitos. A la altura de las columnas pareadas, el fraile se detiene.

–Han matado al doctor –dice.

La abadesa se lleva la palma al pecho y respira hondamente.

–¿Al doctor Ángelo? –pregunta–. ¿Al doctor Ángelo da Pena?

–Al mismo. Apareció muerto junto al río.

Avanzan un poco más. Al llegar a la celda prioral, ella queda quieta en la puerta, se vuelve, cavila durante unos segundos. De pronto chilla:

–¡Monjas!, ¡venid a servirle una limonada al vicario!

Sin pensarlo dos veces nos arrojamos escalera abajo escurriéndonos sobre nosotras mismas, gimiendo de emoción,

–Ahoriiita mismito, madrecita,

propinándonos tirones de pelos y empujones. La primera que llegue a la cocina, pensamos, será la que tenga la suerte de servirle la limonada al fraile Mónico. Pero no conseguimos llegar hasta la cocina porque antes de descender los cuarenta y siete escalones dos de nosotras, la Negra Extraordinaria y sor María de las Piedras, se enzarzan en una amarga discusión. Las prisas por llegar y servir la limonada son la excusa pero ahí salen muchos otros trapos sucios: según sor María, la Negra le ha robado su rosario de pétalos de rosa. Se lo robó mientras dormía, sabe que fue ella porque, en la confusa penumbra del amanecer, vio cómo un brazo se introducía entre las sábanas y le arrancaba el rosario, un brazo negro y ancho como el azabache, Negra ladrona. ¿Ah, sí?, dice entonces la Negra, ¿y qué hacías tú despierta en la confusa penumbra del amanecer, maldita monja de las piedras? Se tiran de la ropa, caen escalera abajo. Al tocar el suelo, enredadas en una lucha sin piedad, comienzan a rodar. Por fin, la Negra consigue sujetar el rostro de la otra en el suelo: ¿Eh?, ¡diles a todas qué es lo que hacías!, ¿es que acaso buscabas algo que no tienes?, ¿es que acaso buscabas lo que nunca encontrarás?

–Puta seré, pero no ladrona.

–¿Quién ha dicho que seas puta?

–¡Ella ha dicho que es puta!

–¡Ella sola!

Ladrona, dice sor María haciendo un terrible esfuerzo por escapar, tú eres una ladrona, y para que lo sepas: yo ya encontré lo que buscaba.

–¡Monjas! –se oye entonces–. ¡Qué es todo ese alboroto! ¡Cuándo traéis la limonada!

Las dos monjas se levantan, se ordenan los cabellos y se deslizan entre la masa, se colocan las faldas, se besan y se abrazan tiernamente, aquí no ha ocurrido nadita. En la cocina hacemos la limonada entre todas (dejamos las pepitas y la pulpa dentro, para que el vicario saboree la amargura del convento). Mientras buscamos una bandeja, oímos cómo la abadesa explica al vicario que ha tenido que condenar la ventana de su celda porque hay un animal negro que la asusta. Lógico, dice él. Yo hubiera hecho lo mismo. Transportamos la limonada hasta la celda.

–Dejadla sobre la mesa –ordena la abadesa.

En fila y calladitas como muertas (sor María y la Negra siguen fundidas en un abrazo), cogidas de la mano, pasamos hasta el fondo de la celda para dejar la limonada. Sentados en sus respectivas butacas, la superiora y el vicario se miran en silencio.

–¿Cuándo ocurrió lo del doctor? –pregunta ella.

–Al amanecer exacto –dice él–. Lo degollaron con un cuchillo de cortar membrillos.

–¡Santo Dios!

–Parece ser que, al encontrar una bicicleta, las sospechas recaen en la lechera...

Antes de volver a recorrer la celda hasta la puerta, nos detenemos ante el vicario y volvemos a sentir la misma sensación de agua que se escurre entre los dedos.

–¿Y vosotras? –pregunta el fraile al vernos–, ¿de dónde surgís?

Miramos a la abadesa buscando permiso para contestar.

–De arriba –dice ella.

El fraile estira el cuello y, a través de la puerta, echa un vistazo a la escalera que conduce al sobrado. De nuevo posa su mirada en nosotras.

–¿De arriba? –nos pregunta, las manos entrelazadas sobre las piernas, haciendo girar los pulgares–. ¿Es que acaso estas monjas son pajarillos que *vuelan*?

–No son pajarillos.

–¿Es que acaso tendré que ampliar mi clasificación sobre los animales incluyendo una nueva especie, *monjas de pluma y piel?* –Ríe a carcajada limpia–. ¿Qué es lo que tenéis arriba? –añade–. ¿Cuándo se ha visto que un convento tenga un arriba?

Queremos contestar. Queremos decirle, aunque probablemente ya lo sepa, que, como dijo el santo, las condiciones del pájaro solitario son tres. La primera, que se va a lo más alto; la segunda, que no sufre compañía, aunque sea de su naturaleza, y la tercera, que no tiene determinado color. También queremos decirle que la abadesa no sabe o que más bien no quiere saber, que *sí* somos pajarillos y el convento tiene *un arriba*, la copa altísima de un árbol, si lo quiere ver así. Pero que el convento también tiene *un abajo*, un *abajo* negro y sucio como las mismísimas entrañas del diablo. Y que gracias a ese *arriba*, un *arriba* íntimo y único que no tiene absolutamente nada que ver con ningún otro arriba y al que se llega sólo gracias a las alas del pajarillo, gracias a ese *arriba,* la vida es un poco más llevadera. En cambio, servimos la limonada y la abadesa corta por lo sano:

—¿Ha roto nuestra clausura sólo para preguntar si las monjas son pájaros?

—No —dice entonces él—. Vine a informarte de la muerte del doctor. Y vine porque tú me llamaste. —Bebe un sorbo, tuerce el gesto cuando su lengua topa con la pulpa y las pepitas. Añade—: Violante.

Mientras conversan (la abadesa le dice que, en primer lugar, por ir aclarando cosas y por si no ha llegado a la conclusión a estas alturas de la vida religiosa, la relación del hombre con lo divino no se da en la razón sino en el *delirio;* que, en segundo lugar, ella no le mandó llamar, por la Madre de Dios, eso sería lo último que se le ocurriría; que, en tercer lugar, intente ir al grano porque ya le he dicho que tengo que rastrillar y desbrozar y pasar los huevos por agua, y que, por último —y por favor—, no me tutee ni me llame Violante sino *abadesa Violante),* nos deslizamos por detrás del fraile. Nuestro objetivo es introducirnos en la caja de resonancias del clavecín para escuchar tranquilamente sin ser vistas.

Avanzamos pegaditas al zócalo, guiadas por el olor extraordinario de la monja negra, olor que a veces nos sitúa frente a un mar y unas cañas de azúcar. Mientras el vicario habla (afirma que, efectivamente, la razón por sí sola es un instrumento demasiado tosco para llegar a Dios pero no me negará que encauza ese *delirio, abadesa Violante,* encauza ese delirio en amor, y que si ha venido al convento es sólo y exclusivamente porque la marquesa doña Hilda fue expresamente a decirle que de nuevo *usted, la delirante abadesa Violante,* tenía una imperiosa necesidad de hablar conmigo), la Negra tropieza con la mesa. La limonada cae al suelo, empapa el hábito. Aprovechando el revuelo, la Negra mete la mano en el bolsillo del fraile.

Entonces se oye un rumor. Sólo es un rumor como de riñones. Un murmullo que se pierde en la estancia. Luego ese murmullo es silbido, Mónico silba, se hincha y hasta crece, engorda, y las orejas se le ponen violetas. Se yergue en toda su increíble estatura, gira sobre sí mismo arrancando el hábito de las manos de la Negra, se limpia la limonada y la rabia del cuerpo, arrastra, rasga. Grita: Negra. Negra.

–¡Quítame las manos de encima, negra de pelo y piel!

Con un gesto de la mano, la abadesa Violante nos hace salir inmediatamente. Ya en el claustro, la Negra abre el puño y nos enseña lo que ha robado: cinco monedas de oro, y se retuerce de la risa. Ladrona, ves, no eres más que una pura ladrona, aprovecha para decirle María de las Piedras. Antes de subir al sobrado, escuchamos el resto de la conversación escondidas tras las columnas pareadas. El vicario le dice a la abadesa que, ahora que no está el rebaño (*el rebaño de monjas descarriadas por la excesiva libertad,* son sus palabras exactas), puede dejar de fingir. No finjo, dice la abadesa. Finges, dice él, finges y huyes del mundo, te encierras en ti misma, construyes un muro dentro del propio muro, siempre lo hiciste, siempre te escondiste, en la poesía, en la música, en esas largas y melancólicas sonatas de clavecín que interpretas con los ojos cerrados... ¿Qué necesidad tienes ahora de esconderte en este convento? Deja la clausura para las monjas de verdad. Sal, vive, sueña, ríe.

–¡Cállese, padre!

–No callaré sino que diré algo más: la música penetra violenta en el espíritu y no es más que un torbellino que lo arrastra a uno lejos de sí mismo. –El fraile planta un dedo en una tecla del clavecín–. En la música, Violante mía, se oculta el demonio.

–¡Cállese! –grita la abadesa tapándose los oídos–. ¡Quién es usted para darme lecciones, y menos musicales! ¡Quién es usted para siquiera pretender saber algo de mí!

Camina hasta el butacón y se sienta extenuada. Fija la mirada en la ventana condenada con las tablas y durante unos minutos queda así. Luego el rostro cambia. El gesto se dulcifica.

–Nadie sabe nada de mí –dice, y comienza a delirar–: Nadie sabe que en mi cabeza *gañen* los perros porque hay perros dentro de mí; salgo de mi celda, ¿comprende?, salgo de mi celda y compruebo que en todas partes gañen los mismos perros. Duermo *con* los perros y sus gañidos, que son propios de mí y de este convento.

–Perdone... –le interrumpe el fraile desconcertado–. ¿Ha dicho usted *perros?*

La abadesa le lanza una mirada vacía.

–Que me diga gatos –dice.

Es el momento. Una de nosotras irrumpe en la celda.

–Vicario –le dice–. Perdone la osadía, pero es mejor que salga usted.

Guiado por un extraño instinto, atónito por el hecho de que una monja cualquiera le dirija la palabra, fray Mónico sale de la celda con cara de espanto. Medita unos segundos, se quita los zapatos y emprende una carrera. La sotana recogida por encima de las patas de grillo, los zapatitos de charol balanceándose en una mano, descalzo, aquellos pies tan finos y huesudos posándose libres sobre la piedra (pies huraños de rostro azul tocando el suelo sucio), el escapulario a un lado y a otro, todo él alto y agobiado, jadeante, corre por el claustro. Al llegar a la puerta se detiene. Se da cuenta de que la puerta está cerrada con llave. Mira a su alrededor.

–¡Rebaño de monjas! –chilla–. ¡Venid a abrirme la puerta!

Bajamos rápidas, surgimos de todas partes hasta rodearlo.

–Padre –le decimos–. Estamos muy preocupadas... Padre, ¿podría usted escuchar a estas humildes monjas durante dos minutos? Mientras, siempre que a usted le parezca, una monjita irá a buscar la llave...

El fraile queda pensativo. Comprende que si quiere salir, no le queda más remedio que escuchar.

–Escuchar, monjas mías, es saber –dice fingiendo tranquilidad.

Entonces le explicamos toda la verdad sobre la abadesa. Le decimos que, de un tiempo a esta parte, ha dejado de ser la persona que era. Que tiene perros taladrándole la cabeza y que, francamente, nos da miedo. Que ha dejado de protegernos y que nos ha prohibido oler las rosas del jardín y que como no se interesa por nuestros asuntos...

Decimos:

–Pues no hacemos más que discutir y pelearnos, por pura niñez, padrecito.

Él nos corrige:

–*Fray.* Fray Mónico de Pliéyade.

–Usted tampoco nos dijo *sores.*

Que alterna la rabia con la infinita ternura, cosa que es desconcertante, padre, y que ya no administra los bienes del convento. Que nos chilla constantemente, que busca a Dios entre el desorden de los cajones y que colecciona espinas de pescado y huesos de albaricoque. Que mete los dedos en la leche, ¿los dedos en la leche?, los dedos en la leche. Que ha dejado a un lado sus oraciones. Que se ha dado a la bebida, ¡bebe!, bebe, ¡esto es increíble! Y que eso no es lo peor porque también anda desnuda por el jardín. Que, modestamente, creemos que cuando uno planta un limonero, modestamente, pensamos nosotras, aunque, bien pensado, nosotras no somos nadie para pensar, que si uno planta, riega, abona y poda un limonero, conviene estar al acecho de que el otro, o los otros, con sus fuerzas unidas, no comiencen a robar limones. Que en el limonero, padre Mónico, faltan ya muchos limones y que, pensamos, padre, siempre que a usted le parezca bien que pensemos, porque ya dijimos que no somos nadie ni para pensar ni para decidir, que los limones...

¡dejaos de limones e id de una vez al grano, carajo!, que..., sobre todo ahora que hemos oído que el doctor ha sido asesinado..., no es que digamos que ella tenga algo que ver... pero no se llevaban muy bien..., la abadesa debería ser... *depuesta.*

Se hace un silencio. Sólo el crotorar de las cigüeñas en el patio chico. Al fraile le caen churretones de sudor por la frente.

—¿Insinuáis que la abadesa pudo tener algo que ver con la muerte del doctor Da Pena?

—Nosotras no insinuamos nadita. Sólo decimos que las relaciones no eran muy buenas. Cada vez que venía el doctor ella nos hacía luego el comentario de que él nos miraba raro, ¿sabe usted?, de que se le ponía como una papilla en el estómago nada más verle...

—¿Y habéis dicho que la abadesa debería ser *depuesta?*

—Depuesta —decimos al unísono.

Traga saliva. Nos echa un vistazo.

—No sé...

—No hay más remedio —decimos compungidas.

El fraile vuelve a mirarnos. Esta vez, se detiene en cada uno de nuestros rostros, en nuestros ojos de brillo extraño, en nuestras mejillas rosadas y en nuestros labios levemente saledizos. Esta vez baja un poco la mirada y se encuentra con las cogullas blancas y los escapularios negros. Esta vez se fija en nuestras manos temblorosas. Esta vez, nos ve por primera vez y estira un brazo tembloroso para señalarnos.

—¿Y quién de vosotras la sustituiría? —pregunta.

Todas nosotras, *todas nosotras juntas*, una piña de monjas queremos decir, pero quedamos calladas porque comprendemos que...

—Todas juntas no puede ser —se adelanta a decir él.

En ese momento se oye el chirriar de una puerta. La abadesa sale a deambular por el claustro. Habla sola. Dice:

—Los perros la acechan a una dondequiera que vaya, sea de noche o de día, la rodean a una de pronto. —Se detiene, hace un silencio y mira al vicario—. ¿Pero encontró usted finalmente al Rey? —le pregunta.

Quitamos la tranca de la puerta y el fraile desata su asnillo ciego.

—Os digo que todas juntas no puede ser —repite él negando con la cabeza—. Y además, por si no lo sabéis, y puesto que sé en lo que estáis pensando, no existen en el mundo dos individuos que puedan decirse completamente iguales. Millones de rostros podemos comparar, y hallaremos siempre que difieren notablemente unos de otros. Ya lo dijeron los primeros naturalistas. Hay gran diversidad de proporciones y dimensiones en las diferentes partes del cuerpo. Color de la piel y naturaleza de los cabellos. Tipo de nariz y de oreja. Inteligencia y carácter. —Mete un pie en el estribo—. Presentadme una propuesta de sustitución. Aunque, por si tampoco estáis informadas... —se detiene unos segundos y se quita una motita de barro de los zapatitos de charol—, sólo podrá haber sucesión en caso de muerte de la actual abadesa.

Llenas de emoción y sin siquiera tener la paciencia y precaución de ver cómo se aleja el fraile por el camino, subimos hasta el sobrado para pensar. Cogemos los hábitos a medio zurcir y nos disponemos en círculo. Durante un rato, metemos y sacamos las agujas (todas, incluso sor María, que no busca piedras sino que se sienta con nosotras para tricotar un jerseicito con cara plácida), sin atrevernos a decir nada. Está claro que a todas nos ronda la misma idea. Pero es difícil. Aunque las palabras empujan, luchan por salir, es difícil romper el silencio: el duro y pernicioso silencio de la conspiración. Por fin, una de nosotras (la Negra Extraordinaria aunque quizá sea sor Gaudencia, o sor Pureza, tal vez la Niña Tuerta...) abre la boca.

–Luego... –dice, y queda callada–. Luego.

–Luego la abadesa deberá morir –concluimos entre todas.

Al oír todas en voz alta estas palabras, se crea un revuelo general. En pares o en grupos, comentamos entre nosotras, nos damos de codos, reímos como ratonas, bailamos. Las cabezas hundidas en un círculo, nos alzamos y bailamos. Nos agarramos por las caderas y hacemos una cadena. Cantamos: *Morir, catalau-u-u, morir, la abadesa deberá morir, la abadesa deberá...*

En ese momento, se abre la puerta del sobrado. Callamos. Catala. Callamos de golpe, pensando que puede ser la abadesa y nos volvemos con esa extraña esperanza. No. Uuuuuu. En el quicio, a contraluz, se alza la inmensa figura del vicario provincial: el rostro desencajado y escarlata, buscando con la vista a un lado y a otro de la estancia. Ahora nos damos cuenta (¡qué imprudente es la ansiedad!) de que, en lugar de marcharse a lomos de asnillo, ha vuelto a entrar, nos ha seguido escalera arriba y nos ha espiado a través de la puerta entreabierta.

Corremos a nuestros sitios. El fraile mira hacia la ventana y un primer grito apuñala el silencio.

–¡Conque...! –exclama–. ¡Conque sí, eh! ¡Qué hacéis aquí! ¡Qué significan todas esas ollas amontonadas junto a la ventana!

–Nada, padrecito, no significan nada.

Haciéndose paso entre nosotras, fray Mónico llega hasta la ventana y frena en seco, los ojos clavados en el paisaje. Trepa torpemente por las ollas hasta situarse en la más alta.

–¡Conque, conque sí! ¡Lo sabía! –chilla. Cierra los párpados como una guillotina y se lleva la mano al pecho. Queda en silencio durante unos segundos, respirando hondo (nosotras estamos aquí, en un rincón del sobrado, flacas y largas de brazos, acurrucadas) hasta que abre los ojos y se embrolla en adjetivos complicados–: ¡Monjas pajarracas! ¡Pájaras de pluma que no lloran!, ¡animales de pelo y piel! ¡Esta ventana! –exclama señalando con el dedo–. ¡Esta ventana es el...!

No es capaz de terminar. Las palabras se le agolpan en la boca como racimos de uvas, no pueden salir porque, más allá de la ventana, fraile granuja, está la vida en bruto, la vida que nunca *viviste* y que intuyes maravillosa, con pájaros y cielo y árboles frutales que rozan el cielo, con un río que se arrastra espumoso, con calles de piedra inundadas de luz, con mujeres que pasean al viento, por eso cierras los párpados, por eso suspiras, Mónico bribón, por las mujeres que vuelven de lavar en el río, hermosas y apretadas, con la piel bruta y descarnada por el agua, y te gustaría bajar y rozarlas, tocar con tus manos impolutas todas esas formas y redondeces, a la cocinera, que, ahí, más abajo, ¿la ves?, ha empezado a pelar las patatas, mira con qué indiferencia las arroja en el cubo de agua, plof, escucha cómo canta, está gorda, fuerte, tú jamás serías capaz de emprender actividad alguna con tanta indolencia, es de buenas entrañas: está enamorada del marqués pero no tiene ni idea de que la miras y que, tal vez, la deseas. Ay, fraile de Pliéyade, ¡todo lo que has estudiado y todavía ignoras cuán fácil es ser feliz con un corazón superficial!

De pronto, el fraile se vuelve impetuosamente: Se acabó, dice, y le sale una carcajada lírica, histérica e irreprimible que se corta al instante, apagada por su propia ansiedad. No tengo más que decir. Se acabó.

Baja. Emprende una carrera vertiginosa por los pasillos retorcidos, la sotana estrellándose contra los tobillos, vuelve a salir. Entra.

–Espepepero –cacarea–. Espero que no se os ocurra..., que no se os ocurra matar a la abadesa.

Desde la ventana lo vemos alejarse arreando el asnillo. El

mismo punto negro que llegó hace una hora se aleja por los caminos desnudos. Desaparece englutido por las calles, por el ancho paisaje de pajas amarillas.

—Suerte que no se le ocurrió condenar la ventana.

—Suerte.

Cuando los tilos del palacio se vuelven más negros, ocurren cosas extrañas.

Cuando los tilos se vuelven más negros, en el ojo de la Niña Tuerta oímos cosas. Oímos los cencerros del ganado que pasta en los campos, el transitar sonámbulo de la abadesa engibada en su chal, y, engibándose una vez más en su chal de lana, su murmullo: Dios es la madre, Dios es la madre que nos parió a todas. La gárgola del estanque deja de proyectar su sombra, llevamos día y medio en el mismo sitio y en el ojo de la Niña esos ruidos pierden su resalte. Una voz distinta se solapa:

–¡Pendenciera!,

y oímos:

–¡De qué te escondes, mamarracha!,

y oímos:

–¡Mira lo que has hecho con mi hijo!

Reconstruimos la torre humana (la Niña trepa agarrándose a nuestras espaldas con las uñas, ágil como una gata, y oímos: ¡Sacacuartos!) hasta divisar el jardín del palacio.

Entre las rosas y sus espinas, doña Hilda busca mariposas. Detrás de ella, los brazos en jarras, el gesto roto y bruto, grita doña Brígida de Bracamonte (dice: Para qué buscas mariposas, pendenciera, para qué buscas mariposas cuando tenías que estar buscando a tu marido). Ignora que en el piso de arriba, en su propio dormitorio y a la altura de nuestros ojos, las criadas de treinta y cuatro años aprovechan la ausencia de la señora para embutirse las medias que no son suyas, se prueban los zapatos de tacón, chupan las cuentas de los collares, tiemblan gordas y desnudas ante el espejo del aparador. Al oír los gritos del jardín dejan todo, se ponen sus vestidos y delantales, las cofias, bajan abrochándose los botines: pálidas, sucias y nalgonas de piernas flacas. Tienen treinta y cuatro años y ríen, bajan como reses espantadas: surgen de la oscuridad. Bultos que trajinan o que hacen que trajinan, se quedan junto a la puerta, allí cerca de sus señoras (las criadas tienen la facultad de confundir el tiempo, cortan en rodajas el acontecer de un día y se detienen en los trozos: una riega los tiestos, otra barre el polvo que no hay en la entrada, otra saca las jaulas con los canarios, otra espanta las avispas del arriate). También la cocinera interrumpe el fregado de la loza china para escuchar. Los brazos quietos y sumergidos en el agua, la cabeza ligeramente ladeada, escucha con interés y satisfacción. Satisfacción perruna. Tal es el afán de fisgoneo.

–¡Eres una sacacuartos! –dice doña Brígida–. ¡Te casaste con mi hijo para vivir de nuestra riqueza! ¡Dónde está él ahora! ¡Qué has hecho con él!

Doña Hilda busca mariposas (el viento acerca hasta nuestra ventana la fragancia prohibida de las rosas) y le explica a su suegra que ella no tiene la culpa de que su hijo sea un putero, eso es, ya lo dije y no me duele repetirlo, oh, no, un putero, porque, si mal no recuerdo, fue usted misma (y la apunta con el cazamariposas), doña Brígida de Bracamonte y Gatísimo, quien me mandó llamar. Yo estaba tan tranquila en mi casa y me dijeron: ¿Te quieres casar?, pregunté: Con quién, me dijeron, con un marqués idiota de Oca, un asaltaconventos, y dije, por qué no. Cuando llegué a este palacio, su hijo era un bobalicón que no hacía otra cosa que bostezar, visitar a las santitas de las monjas y discutir con su criado.

—¡Tú encerraste al lacayo! —aprovecha para decir doña Brígida, y los gritos hacen que las cigüeñas de la torre emprendan el vuelo—. ¡Tú dejaste a mi hijo sin su mejor amigo! ¡Qué has hecho con él, dime, tú fuiste la última que lo vio!

Las criadas riegan y barren, trocean el tiempo, cambian de posición; la cocinera saca los brazos del agua. Se limpia la frente y resopla con resignación.

Doña Brígida agarra a su nuera por el brazo: irás hasta el hórreo y le pedirás al lacayo que salga. De rodillas. Y luego encontrarás a mi hijo: en los establos, en la habitación de alguna de las criadas, en el convento de las monjas, en el río...

—¡Niñas! —nos grita la superiora—. ¡Venid! ¡Niñas!

Corremos escalera abajo. La encontramos allí, pequeña, escondida en su chal de lana, el rostro dulce y sosegado.

—¿Qué tiene usted, madrecita?

—No tengo nada. Sólo quiero pediros perdón...

—¿Perdón? ¿Por qué, madrecita?

—Porque... porque muchas veces, mis niñas, comisteis pollo. Comisteis pollo sin que yo os advirtiera... Sin que yo os advirtiera de las maldades de los huesos más finos...

A la abadesa sólo le faltan diez días para morir. Fuera, los gritos rajan la luna. La luna es una bolsa de bilis.

No sé, pensamos, mira (y comentamos entre nosotras), es muy probable que doña Hilda vaya hasta el hórreo y le pida al lacayo que salga. De rodillas.

Es muy probable que luego, arrepentida hasta la médula, le cuente a su suegra qué es lo que ha hecho con su hijo. Quizá lo haya encerrado en el hórreo, para que la amistad entre amo y esclavo fermente junto a las patatas y las coliflores. Pero tal vez –y esto es lo más probable– haya hecho algo peor. Porque, al volver del convento, después de la humillación a la que fue sometida, no es fácil que ella quedara dormida esperando a su esposo como sospechamos en un primer momento. ¿Quién nos dice que no ocurren cosas más allá de nosotras mismas?, ¿quién nos asegura que haya que fiarse de los sentidos?

Aquella noche, después de la prueba de la virginidad de doña Hilda, dado que la marquesa estaba ya dormida, cerramos la ventana y no supimos nada más. Pero ahora que pensamos mejor, ¿por qué no habría de haber bajado a la cocina?

Es muy probable que siendo, como es, mujer de río revuelto, allí mismo hubiera improvisado. Al oírlo llegar, se habría bajado el tirante del camisón y luego lo habría seducido hasta hacerle gemir de felicidad. Como en los buenos tiempos: con su lunar en el hombro y sus mañas de mujer campesina (ahora no nos cabe duda de que lo es). Pudiera ser que le dijera que estaba dispuesta a bajarse el capuchón y confesar quién es con tal de que él accediese a ir hasta el río.

Porque allí en el río, oyendo el ulular de los búhos, tal vez ocurriera lo peor.

Tal vez, nos decimos, la cocinera también tenga algo que ver. Encanallada por los celos y el odio, ¿no juró vengarse junto a la mismísima puerta de nuestro convento?

Y luego está lo del doctor. Ángelo da Pena ha muerto y la noticia nos hiela el corazón. ¿Se tratará de una muerte natural, o, por el contrario, existirá una asesina como se sospecha? No es que fuera una persona especialmente querida, pero nos consta que no tenía enemigos. Ay, señor, ¡si humildemente alcanzáramos a saber al menos una parte de la verdad!

Definitivamente ocurren cosas extrañas.

Lo del lacayo Sebastián es igualmente lamentable. Encerrado en un hórreo desde hace meses, sin querer salir, al fin y al cabo, *muerto*. Igual que su señor el marqués. Igual que doña Hilda, que sólo existe tras su capuchón. Igual que nuestra abadesa Violante, refugiada en las sonatas polvorientas, en sus quehaceres inútiles, en la oscuridad de su celda condenada con las tablas, en sus poemas que son semillas de amapola, secas en los ovarios... Igual que Dios, que sólo existe en la luz, en el hielo y en la nada. ¿Qué motivo les lleva a esconderse?, ¿qué es lo que les empuja a codiciar *esa no-existencia?*

Quizá hayan decidido vivir sólo después de una larga muerte...

Para desentrañar todo esto que ahora ignoramos, sólo tenemos que seguir mirando por la ventana. La ventana, pequeña y sin balcón, es el mundo y sólo tenemos que esperar a que alguien vuelva a venir con aclaraciones sobre la muerte del doctor. Sólo tenemos que esperar a que doña Hilda vaya al hórreo a pedir disculpas al lacayo. Descubrir lo que ha hecho con su marido, destapar la verdad sobre la cocinera.

Pero oímos los cencerros del ganado y deshacemos la torre humana. Ya es hora de afrontar nuestras propias vidas, nos decimos, y los tilos se vuelven más negros y aquí en el convento también ocurren cosas.

Cosas muy extrañas que, por una vez, no tienen que ver sólo con la vida de los demás.

Por primera vez, desde el día en que fray Mónico nos indicó que una *sola* monja debería sustituir a la abadesa Violante, la conciencia hurga en el pasado y algo parece removerse dentro de cada una de nosotras.

Ocurre que, por primera vez, sentimos irritación y rechazo por nuestro increíble parecido físico. Por primera vez, comienzan a hartarnos nuestros rostros de rata triste, nuestros veintitantos labios levemente saledizos, las masas de pelo encabritado, las mismas cogullas blancas y las correosas correas de cuero, los escapularios idénticos y negros. Por primera vez nos inquieta la incertidumbre, la confusa sensación de no saber quién habla o piensa, a quién pertenece un dolor de muelas o un sentimiento de tristeza, quién es la que corre por los desmantelados ámbitos del convento, quién es la que reza con la cabeza derribada hacia delante. Estamos desinformadas y perdidas. No podemos confiar en nuestra percepción, en ningún sentido de la palabra. De nuestra confusión se nutren los malentendidos entre nosotras. Malentendidos, miedos, supersticiones, mentiras... ¿Dónde estamos en realidad? ¿Qué cosa es este convento? ¿Quién de nosotras es *quién?*

Paramos recién salidas del cascarón, sin historia, y, por primera vez, queremos saber algo más.

Saber quién levanta la mano, quién bosteza, quién reparte el pan en la mesa, quién tiene un recuerdo o quién tiene miedo de la noche. Nos humilla no saber a quién pertenecen unas lágrimas, qué corazón se encoge o qué nariz es la que percibe la fragancia de las rosas.

Por primera vez nos gustaría llevarnos la mano al pecho y decir: *yo* hablo, *yo* pienso, *yo* corro y resbalo, *yo* bostezo, *yo* huelo las rosas, *yo* lloro agua y mocos, o a *mí me* duelen las muelas.

Ocurren cosas tan extrañas como que nos aferramos a unos nombres que durante mucho tiempo sólo han producido una apariencia de verdad. En realidad esos nombres son sólo palabras, incluso, menos que palabras, ruidos, uno de los múltiples ruidos que hacemos cuando abrimos la boca. De modo que nunca fuimos la Negra Extraordinaria, oh, no, ni Pureza ni la Niña Tuerta, ni sor Gaudencia, ni sor Ambrosia, ni María de las Piedras, ni las veintitantas monjas juntas. Esos nombres fueron sólo pieles, pellejos de monja utilizados para asignarnos una historia particular, hasta el punto de que si por ejemplo una de nosotras llamaba a sor Pureza y le decía Gaudencia, nada ocurría, ¿no podría una vaca llamarse rosa y una rosa llamarse vaca sin que nada en la naturaleza se alterase?

Pero quizá hayamos olvidado algo importante. Esos nombres llevaban consigo una advertencia inseparable, lo mismo que la rosa y la vaca llevan su perfume.

Quizá por eso, ahora que nos toca escoger de entre todas nosotras, reparamos en que en el grupo hay una ligeramente distinta.

Estamos en el sobrado, la ventana cerrada, sentadas en círculo y conspirando en voz baja contra la tonta de Violante. En concreto, deliberamos sobre cuál de nosotras ocupará su puesto cuando haya muerto,

y ocurren cosas extrañas.

Cosas tan extrañas como que (¡cómo no habíamos reparado antes!) una de nosotras no sólo es un poco distinta sino que tiene pelo en el bozo, el pecho y las piernas. Pelos como púas de erizo que se enroscan sobre sí mismos. Esa monja también conspira y al abrir la boca comprobamos que su voz es grave, casi como la de un hombre.

También ocurre que sor María se acaricia la tripa y ya no busca. Tal vez conozca ya a los hijos que nunca tendrá, y les haya pedido perdón. Tal vez, todas nosotras conozcamos ya a los hijos que nunca tendremos.

Pero lo que de verdad nos preocupa es este sentimiento persistente, este rabanillo de matar...

Oímos un ruido. Una de nosotras asoma la cabeza por el descansillo de la escalera. La mete y nos mira esbozando una sonrisa: La que hace ruido abajo es la abadesa, parece decir (y, antes de hablar, en sus ojos de perra brava ya refulgen las palabras). La abadesa. La abadesa Violante. Lleva puesta una capucha y recorre el claustro. Ahora se para en la huerta y se retuerce la falda sucia con las manos aún más sucias. La levanta hasta la nariz y la huele. Una gallina se le mete entre las piernas y la aparta de un puntapié. Claro, bruja. Fea. Semillas de amapola. Todavía en el aire, la gallina agita las alas. La abadesa mete las manos en el bolsillo y saca unas tijeras de bordar. Trepa por el muro (de un lado de la cabeza le cuelga la trenza azulada), corta unas rosas y las coloca en la carretilla, que a continuación empuña hasta la puerta principal. Abre. Sale a la calle empujando la carretilla y el dobladillo de su falda arrastra plumas de gallina.

Abrimos la ventana para seguir sus movimientos. La luz de la luna cae suave. Refugiada en su capucha, carretilla en mano y ajena al mundo, la superiora avanza en dirección al río. La hierba le roza los muslos: el movimiento de esos muslos describe la tristeza. Desaparece entre la niebla: frágil y pequeña, y nosotras quedamos solas.

¿Adónde irá?

Está todo pensado para cuando ella regrese. Estamos convencidas de que, por el bien de la comunidad, así como por el bien de todas las almas encomendadas al convento, la abadesa deberá morir. Oh, sí, y que Dios nuestro Señor nos perdone. Ella es el Bien y el Mal, la exactitud y la incoherencia, la culpa y el castigo, el infierno y el cielo, el frío y la furia, la leche caliente, la pepita del limón. Desde que arrojó nuestros espejos al río, ella lo es todo y no nos deja espacio para crecer. Pero el frío ya ha cumplido años, y está en los tubos de los huesos y en los cauces de la sangre. El frío duele. Salimos de nuestras celdas y comprobamos que en todas partes hace el mismo frío.

Cuando vuelva de su paseo, todo estará preparado.

Pedirá su merienda y una de las nuestras le dirá, oh, cómo no, madrecita, e irá a la cocina (el frío doliendo, extraordinario, por los pasillos y en los huesos y en los bordes de las cosas). Unas gotitas en la leche caliente y ya está.

–Bébasela, madre, que todavía está caliente.

–No las has puesto.

–Bébasela.

El calor de la leche que quema y mata. El calor que ella nunca supo darnos.

—Las galletas. Te has olvidado de ponerlas.

En cuanto caiga al suelo, sólo restará sacarla del convento, enterrarla en el jardín y decidir sobre la sucesión.

Pero ha pasado un día completo desde que salió con la carretilla y la capucha sobre la cabeza y ahora nos preguntamos si volverá. Mientras, sor María de las Piedras no parece un ser humano sino enemiga de la luna. Por las mañanas, canta y come mandarinas, limpia su celda sin cesar, está feliz y gorda. Dice acariciándose la tripa que muy, muy pronto, *él* estará con nosotros.

—¿Quién?

—Mi hijo, ¿quién va a ser?

Por su parte, la monja con voz de hombre y pelos en el bozo no hace más que incordiarnos: que está harta de los cardillos sin aceite y sal y de que nos peleemos por fruslerías, que por qué hay que rezar los laudes si ya se cantaron las vigilias, que maldita sea la cogulla sujeta y ajustada y blanca que asfixia y mata, que quién nos manda mirar a Dios con ojos redondos y duros y ese silencio redondo y duro y lleno de burla, que tiene hambre y que viva la madre que nos parió.

Se diría que nunca fue una de nosotras.

—Tú calla y asómate a la ventana a ver si aparece la abadesa de una vez.

—La abadesa no volverá.

En cambio, la que sí se acerca a nuestro convento es la cocinera. Trae el gesto desencajado y pide que por el amor de Dios le abramos la puerta, que viene a contarnos algo que de verdad nos incumbe.

—No tenemos más joyas para sobornarte.

—No las quiero.

Como no le abrimos, rompe a chillar desde abajo. Su voz es áspera como la vida.

—La abadesa acaba de aparecer muerta.

Y nosotras desde arriba:

—¿Qué?

Y ella:

—Muerta.

Corremos hacia la voz, resbalamos, caemos y volvemos a enderezarnos, eres huesuda y tonta, tú, nos empujamos unas a otras con el fin de abrir la ventana. Hacemos una torre humana para escuchar. Acaban de encontrarla flotando en el río, las algas saliéndole por la boca y las orejas llenas de florecitas moradas. Parece ser que, puesto que llevaba una capucha, alguien la confundió. Alguien que, sin duda, quería mal a doña Hilda. Alguien que bajó al río con intención de deshacerse de ella. Por ahí dicen que fue el marqués, que por lo visto puede estar escondido en alguna parte. Pero las criadas de palacio opinan que no fue el marqués sino doña Brígida. Que, al parecer, confundió la capucha de la abadesa con la de su nuera y que actuó por venganza tras la discusión del otro día. A la abadesa la encontraron flotando boca arriba, calla ya, mala mujer, la túnica inflada y amarilla, los labios amoratados y finos, caaaalla, rodeada de pétalos de rosa y plumas de ave, la trenza azul a medio hacer. Hermosa como una piedra, enorme. Algunas de nosotras deshacemos la torre y comenzamos a llorar, mira lo que has conseguido, cocinera. Agarradas de brazos, caminamos lentamente hacia un rincón, los hombros echados hacia delante por el peso de la pena o por el peso de la soledad. Por primera vez nos sentimos solas y lloramos por lo que comenzamos a añorar. Lloramos sin lágrimas por el olor prohibido de las rosas. Por el sabor a almendra de las sonatas del clavecín y por una poesía privada de pan y sal. Por los círculos descritos con la carretilla y los círculos descritos por la conspiración. Por el arrebato de la pura vieja. Vieja. Fea. Sí, claro. Por su autoridad derribada. Por la dulce vida de niñas que hasta ahora nos tocó vivir. Por un amor de madre y pan que no supimos aprovechar.

Porque de un tiempo a esta parte la abadesa ya moría con la muerte clara de las abadesas.

Una de nosotras se asoma a la ventana.

—¡Cállate, cocinera! —dice, limpiándose los mocos con la manga—. ¡Cállate de una vez!

Pero la cocinera no calla.

—Poco a poco fue llegando la gente. El fraile Mónico también estaba allí. Al ver a la superiora muerta, se hincó de rodillas y se echó a llorar.

Que el vicario ha jurado prender fuego a nuestro convento. Eso es lo que nos dice la cocinera. Que anunció a voz en grito que él sabía quiénes eran las culpables. Oh, sí. Que como no cabía más castigo contra nosotras, reuniría a sus hombres y vendría a poner fin a la vida conventual.

La cocinera no para de hablar. Dice que esta mañana las cigüeñas entraron en la alcoba de doña Hilda. Se colaron por el balcón y durante un rato se quedaron mirándola. Luego se lanzaron sobre ella como relámpagos. Ah, otra vez. Sí, blanco. Relámpagos mezclados de sábanas y plumas. Muchas por delante y una por detrás, picoteándole la cabeza cubierta. Malas pájaras y ella girando sobre sí misma. Zancudas. Traspasando el capuchón con sus picos, atravesando las apariencias y llegando hasta los pelos y hasta el hueso de la verdad. ¿Y qué es lo que escondía esa capucha?

—¡Sí! ¿Qué es lo que escondía la capucha?

La rabia le subió por la garganta al ver que yo misma y las criadas estábamos allí. Viéndola a ella, ¡qué hacéis aquí!, ¡iros! Un rostro corriente, ni guapa ni fea. Ella. La rabia quemándole la boca y gritándole en la lengua. Toda una vida escondiéndose de la que en realidad es. Ni guapa ni fea. Sin pústulas ni bubas, y los tejados deshabitados de pájaros. Corriente. Ahora ha huido. Recogió sus pertenencias y volvió a la humilde casa de la que en realidad procedía. Muerta de hambre, eso es lo que es, y ha llegado el momento de la verdad. La cocinera se quita el sudor de la frente y sigue explicando que ahora el marqués la quiere a ella y que no tendrá más remedio que salir de su escondite y confesar a todos lo de las meriendas. Lo de los picatostes con chocolate y las carreras por encima de los muebles. No calla ni un segundo pero su voz nos llega distante y blanda, apenas la escuchamos. Sólo pensamos en una cosa. Pensamos en escapar. Por primera vez, salimos de nosotras para pensar en nosotras, en cada una de nosotras. Se produce un frenesí. Un correr sin ton ni son, como cuando la abadesa nos otorgó la libertad. Bajamos las escalera y nos dirigimos al jardín.

La noche se vuelve diáfana bajo la luna llena. Nos pesan los brazos y las piernas y la sangre nos bulle en la cabeza. No tenemos la llave para salir. No importa. De alguna manera, sabíamos que todo esto ocurriría y durante mucho tiempo hemos estado preparándonos. Nos arrancamos las túnicas y, por turnos, mientras una de nosotras canta y come mandarinas, nos introducimos en la galería. Pero la monja con pelos en el bozo no quiere entrar. Entra, le decimos. No quiero, dice ella. Cuchicheamos entre nosotras. ¿Quién eres tú de verdad? La intentamos desnudar, con manos trembleques le deshacemos el cordón de la cogulla. ¿Quién eres? Dejadme. Tiramos de la túnica, arrancamos la toca. Dinos de quién te escondes. Por favor, dejadme seguir así, con vosotras. La lanzamos a la galería.

Una vez abajo, corriendo sin los hábitos y sin las tocas, la una junto a la otra, comprobamos que esa monja no es monja sino hombre.

–Cómo te has atrevido.

Avanzamos bajo tierra insultándole y dándole de codos, cómo te has atrevido a pasar por monja, ¿cuánto tiempo llevas entre nosotras?, turnándonos para acariciarle los brazos y las piernas peludas, y a la altura de la verja hay alguna que gimotea. La galería describe tres o cuatro curvas hasta desembocar en la puerta del palacio. Salimos en silencio, cubiertas de tierra y hojas, sin saber adónde ir.

Oímos la voz de fray Mónico de Pliéyade. Agazapadas tras los limoneros y las lilas (¡si nos pilla aquí es capaz de cualquier cosa!), tal y como la cocinera nos advirtió que haría, lo vemos dando órdenes a sus hombres, derrumbar la puerta del convento e introducirse dentro. Le oímos recorrer el claustro, entrar en la biblioteca, salir y meterse en la cocina, monjas de pluma y piel, pajarracos, palpar la mesa pringosa de higos y mermelada, bajjjj, derrumbar de un manotazo la loza y las pilas de cacerolas, vaciar los cajones y derramar la sopa que hierve a fuego vivo. Le oímos introducirse en la celda prioral y lanzar las almohadas de lana por la ventana, ¡habéis matado a la única persona por la que merecía seguir viviendo! Escondidas aquí (¡ay, si alguien nos descubre!) tras los limoneros del palacio, le oímos acercarse al clavecín, quedarse quieto y tomar aire. El vicario Mónico, el fraile artero y huraño que se dedica a estudiar de qué sustancia están hechos los ángeles, levanta la tapa. Respira hondamente delante de las teclas, *Violante,* dice, *mi dulce Violante* y busca despertar con la mano temblorosa alguna melodía. Posa la mano. Toca y se detiene. Se levanta bruscamente, loco de emoción. Tarareando la *Canción del gondolero* o cualquier otra. Y entonces oímos el silencio.

Y luego un miaaaaaaaau.

Nos alzamos para mirar. A través de la puerta abierta le vemos girar la cabeza a un lado y a otro, buscar hasta encontrar. El ruido sale de la parte más alta del armario. Acerca una banqueta. Se arremanga la sotana y se pone en pie. Da brincos, baila, chilla. Quiere abrir pero no puede. Ahora amontona libros sobre la silla, un cojín. Resopla y vuelve a subir. La banqueta se tambalea, el fraile quiere bajar pero ya no puede. Abre.

El gato negro salta al suelo y escapa.

Fray Mónico también sale por piernas del convento. Es raro verlo pasar tan cerca de nosotras, la frente alta, arrastrando sus zapatitos de charol por el encauchado del palacio, despidiendo un olor suave a jabón suave y musitando la melodía del *Gondolero*. Es raro verlo tan ligero y elevado, emborrachado de saber y pedantería, una mezcla de dulzura y frialdad. Entra en el palacio, sin duda para hablar con doña Brígida, la pena vibrando en su pecho. ¿Realmente es tan malo como aparenta?

Mientras tanto, la monja que es hombre se empeña en seguir al grupo. No le queremos y le empujamos, pero él erre que erre, que entre nosotras está bien y que, además, es el padre de la criatura.

−¿De qué criatura?

Pero antes de que dé tiempo a contestar, el fraile vuelve a salir para buscar por el jardín y nos asalta un miedo irresistible

−Sss, psi, ¡monjas! −oímos entonces.

Miramos a nuestro alrededor.

−¡Monjas! −volvemos a oír−. Venid, podéis esconderos aquí.

De pronto comprendemos. La voz sale del hórreo y el que habla es el lacayo Sebastián. De una en una, mientras el fraile sigue buscando entre las lilas y los limoneros, nos vamos introduciendo en el hórreo. Nos disponemos en fila para ocupar poco espacio, nos sentamos sobre una capa mullida de bolas de papel, y es entonces cuando el lacayo y la monja que es hombre se funden en un abrazo.

−¡Sebastián!

−¡Don Íñigo!

Aquí se está bien, dice el lacayo moviendo sus cejas como alas rotas. No existen las obligaciones ni el ruido, y como no hay luz, tampoco hay tiempo. Aquí no se vive sin tener que morir, y ésa es, monjas mías, mayormente la ventaja de la existencia entre las piedras. Que hace frío y estoy solo, ¿y qué más da? Vosotras también. Vosotras estáis tan solas como yo y como todos... Y si no, aguzad los oídos y, por un momento, escuchad lo que ocurre fuera de verdad. Escuchad a la cocinera. Oíd sus amargas palabras, el sonido puro elevándose entre los tejados hacia el cielo azul sin nubes. ¿Qué es lo que dice? Habla de las tardes transcurridas en la cocina, de un amor hecho de chocolate y trompicones. De un amor que nunca existió pero que es bueno porque para ella es caliente y dulce, y además se sorbe. Oíd cómo rebusca el fraile Mónico entre los arbustos. Levanta una rama, resopla y pisa. ¿A quién sigue buscando a estas alturas de su vida? ¿Por qué canta si está triste? Grande como es, parece caído, derribado. Toda una vida buscando. La rebusca de los que no saben qué es lo que desean encontrar... Ya os dije una vez, monjas mías, que la soledad es lo único que tenemos. Sí, claro, vosotras sois un grupo... ¡Ja! Miraos. Ya no existe la rutina, la buena y dulce vida organizada desde fuera. Ya no hay madre ni convento. Ya no hay pan ni Dios. Habéis salido y ahora sois vosotras. *Una por una* y no todas. Ahora tenéis que enfrentaros a la dura tarea de ser, de pensar la idea del ser.

Yo estoy bien aquí; he inventado una manera cómoda de morirme sin estar muerto.

Amanece una vez más y en el jardín de palacio gimen las flores. Cinco o seis de las nuestras han huido durante la noche. Salieron del hórreo, se acercaron a la verja del palacio, se pusieron de puntillas y comprobaron que el fraile Mónico ya no estaba en el jardín. Salieron una a una y marcharon por caminos distintos. Sin despedirse.

Las demás no hemos sido tan decididas.

Las demás permanecimos en el hórreo, durmiendo sobre las pelotas de papel o charlando con el marqués y su lacayo, que no paraban de recordar cosas vividas en común y que han decidido no salir de ahí.

Pero ahora amanece una vez más y no nos queda más remedio que salir.

Un racimo de estrellas brilla pálidamente entre las siluetas de las hojas. Por el camino, unos metros por delante de mí, está la cocinera. Se ha quitado el delantal y camina masticando guisantes, arrastrando una maleta muy pesada. Al oír mis pasos vuelve la cabeza y se detiene. Me mira y queda un poco extrañada. Me explica que se marcha, veinte años al servicio de los marqueses y se marcha. Qué le va a hacer. Lo de don Íñigo era una ilusión, además... el muy bruto ha dejado preñada a una de las monjas. Lo sé porque ella acaba de venir a palacio para pedir cuentas a su madre. Es un asaltaconventos, un hombre sin futuro, no sé cómo no me di cuenta antes... Pero de ilusiones se vive, ¿verdad?, al menos por una temporadita, y a mí esas ilusiones me han hecho feliz. Aunque las ilusiones sean como la madera carcomida: arden y se queman al primer contacto con la realidad. Me vuelve a mirar, y luego a mi alrededor, y detrás de mí. Pregunta:

–Tú eres una de ellas, ¿no es así? Una de las monjas, quiero decir.

–Así es.

–¿Y estás sola?

–Estoy sola.

Queda callada, pensando durante un buen rato, mascando groseramente. Luego se agacha un poco y acaricia la maleta. Escupe el guisante y dice:

–Yo tengo un futuro, ¿sabes? Porque recuerdo aquello que me dijisteis de que Dios no era una muleta... y es verdad. Dios hace mucho que no está entre nosostros... Al menos así lo siento yo. ¿Y sabes qué te digo, monja? Pues que uno no corteja eternamente a un novio que da la evasiva por respuesta. A rey muerto, rey puesto.

Al ver que no me inmuto se hinca sobre la tierra.

–Mi futuro está aquí –me dice, señalando la maleta con expresión radiante, respirando entrecortadamente–. Yo no tengo por qué pasar ninguna penuria.

Abre la maleta y comienza a lanzar cosas por los aires. Lanza vestidos de flores, sostenes, pañuelos y neceseres de belleza, pintalabios, camisas, fajas, pañuelos, lanza su sonrisa y las bragas, y yo me pregunto qué futuro podrá haber en toda esa lencería barata. Por fin, vacía la maleta de ropa, me hace agacharme para ver lo que queda dentro.

—Penachos, gemas sin tallar, brazaletes, sortijas de piedras preciosas, diademas de diamantes..., algo de esto debió de ser tuyo hace mucho tiempo —dice emocionada—. Las dotes de novicia que he ido ganándome por lo que os contaba a las monjitas durante todos estos años. Pero ahora, estando la abadesa muerta, nadie me las reclamará. —Vuelve a meter toda la ropa, cierra la maleta, se sacude el polvo de la falda y se pone en pie—. ¿Cómo te llamas? —me pregunta.

—Me llamo..., no sé..., no importa.

Comienza a caminar en dirección al sol.

—¡Sí importa! ¡Cómo no va a importar!

—He olvidado mi nombre —le digo para que me deje en paz.

Las cigüeñas de la torre de palacio emprenden el vuelo, surcan el jardín con las patitas pegadas al pecho y pasan rozando nuestras cabezas. La cocinera cree llamarse cocinera y sigue caminando en dirección al sol.

—Pues te diré algo —dice sin siquiera volverse—: tan importante como lo que se recuerda, es lo que se olvida.